スープ屋しずくの謎解き朝ごはん
心をつなぐスープカレー

友井 羊

宝島社文庫

宝島社

目次

スープ屋しずくの謎解き朝ごはん　心をつなぐスープカレー

プロローグ

スープを待つ間、理恵《りえ》は胸に手を当てて深呼吸をした。

麻野《あさの》がカウンターの向こうで、レードルを使って寸胴《ずんどう》からスープを皿によそった。それから皿の縁に飛んだ飛沫《しぶき》を、清潔な布巾で丁寧に拭き取る。

麻野に伝えなければならないことがあった。

朝営業の開店直後に訪れたのは、誰もいない間に話したかったからだ。幸い客はまだ誰もおらず、露《つゆ》も二階にある自宅から降りてきていない。

店内は理恵と麻野の二人きりだ。

スープ屋しずくは東京都心のオフィス街の路地裏にある、スープ料理が人気のレストランだ。栄養たっぷりなスープや煮込み料理が人気で、ランチもディナーも近隣で働くビジネスマン、地元の人たちが足繁《あししげ》く通っている。

そんなスープ屋しずくには大々的に宣伝をしていない秘密の営業時間があった。朝早い時間にひっそりと店を開け、滋養溢《あふ》れるスープを朝ごはんとして出しているのだ。

窓ガラスに水の飛沫がついていた。昨晩から降りはじめた雨は、今日の夜遅い時間まで続くらしい。強い雨脚のせいで、店までの道のりで靴が濡《ぬ》れてしまった。

麻野がカウンター越しに理恵の正面に立つ。

「お待たせしました。三種のトマトのミネストローネです」

目の前に皿が置かれると、トマトの甘酸っぱい香りがふわりと立ち上った。

明るい白色の平皿に鮮烈な赤色のスープがたっぷり盛られている。刻まれたナスやズッキーニ、空豆などの夏野菜が具材として入っている。そして赤色のスープのなかで最も目立っているのが宝石のように輝く黄色のミニトマトだ。

「トマトを三種類も使っているのですね」

理恵の質問に麻野が微笑《ほほえ》む。料理の話をすると、麻野はいつも嬉《うれ》しそうに答えてくれる。

「糖度の高い国産トマトと、酸味や旨《うま》みのバランスの良いイタリア産トマトをスープのベースにしています。複雑で厚みのある味に仕上がったかと思います。黄色いミニトマトは、軽く火を通して具材として使いました。こちらはフルーツのような甘味が特徴です」

「楽しみです。では、いただきます」

理恵は真鍮《しんちゅう》製のスプーンを手に取り、赤色のさらっとしたスープをすくう。

口に運ぶとスープは適度な熱さで、トマトの鮮烈な酸味を感じた。早朝の寝ぼけた頭に刺激がちょうどよい。酸味の後はトマトの甘さと旨みが楽しめた。異なる味のグラデーションが料理に奥行きを与えている。

瑞々《みずみず》しいナスやズッキーニの歯触り、空豆のほくほく感も心地よい。そして黄色い

トマトは生に近い食感で、果実のような瑞々しさがあった。

「すごく美味《お》しいです。トマトって品種で味が全然違うのですね」

「全世界で愛されている食材ですからね。様々な品種が開発されているんですよ。ランチ以降はもう少し旨みを強く調整する予定です」

スープ屋しずくの朝ごはんでは、その日のランチ以降に出す日替わりメニューの試作品が提供される。試作品といっても麻野の腕前のおかげで、毎朝素晴らしいスープを楽しむことができる。

「トマトだけでも色々な楽しみ方ができるのですね」

理恵は店内奥の黒板に目を向ける。そこには食材と栄養素について解説してあった。スープ屋しずくでは日替わりのスープで使用される食材に含まれる栄養素について、注目すべきものを麻野が手書きで紹介しているのだ。

本日は黄色いトマトについてだ。一般的な赤色のトマトにはリコピンが含まれ、抗酸化作用が期待されるそうだ。そして黄色いトマトにはルチンというポリフェノールが含有されているという。動脈硬化や高血圧の予防に繋《つな》がるとされる栄養素で、蕎麦《そば》に含まれることで知られている。

「黄色いトマトに蕎麦と同じ色素が含まれるとは意外ですね」

「ルチンを大量に含む韃靼《だったん》そばは、普通の蕎麦より黄色いのですよ」

麻野の蘊蓄《うんちく》を楽しみながら、理恵はフォカッチャを千切って食べる。

スープ屋しずくの朝営業ではパンとドリンクがセルフサービスでお替わり自由だった。入り口脇にあるスペースにかごが置かれ、焼き立てのパンが盛られている。さらにコーヒーや紅茶、オレンジジュースなどのドリンクも揃《そろ》っていて、理恵はノンカフェインのルイボスティーを愛飲している。

フォカッチャはイタリアの平たいパンだ。表面にオリーブオイルが塗られ、ローズマリーと粗塩が散らされている。乳製品を使わずに焼き上げるため小麦の味が活きた素朴な味わいだ。そのままでも充分美味しいけれど、トマト味のスープとの組み合わせはやみつきになりそうだ。

理恵は深く息を吐く。スープ屋しずくで料理を食べると、身体の奥に溜《た》まった疲れが洗い流される思いだった。そして心の奥底から一日を前向きに過ごすための活力が生まれる気がするのだ。

「今日のお料理も最高です。朝から麻野さんのスープが食べられて本当に幸せです」

「そう言っていただけて僕も嬉しいです」

真正面から感想を告げられたためか、麻野が照れくさそうに微笑む。

理恵はスプーンを置く。ルイボスティーに口をつけると、舌に残るトマトの余韻が流れて消えた。

スープ屋しずくに通いはじめて二年になる。以前勤めていた会社で疲れ果て、電車を乗り過ごしたことがきっかけだった。普段とは違う駅で降り、会社に向かう途中に偶然発見したことで知ることができた。

理恵はスープ屋しずくの料理の味に惚《ほ》れ込み、麻野の温かな人柄に惹《ひ》かれた。店に通い詰め、麻野の娘の露や店員の慎哉《しんや》、店の他の客とも交流を深めた。会社が変わった後もスープ屋しずくまでは近かったため、変わらずに料理を楽しんでいる。

理恵の生活にはスープ屋しずくが欠かせなくなった。麻野の料理を楽しめる日々が毎日続くと、理恵は疑いもなく考えていた。

「実は麻野さんにお話があるのです」

「何でしょう」

声音の深刻さを察知したのか、麻野も真面目《まじめ》な顔つきになった。ルイボスティーを口にしたが、喉の渇きは消えない。ふいに店外の雨音が激しくなる。

理恵は居住まいを正し、麻野の顔を真っ直《ます》ぐに見ながら口を開いた。

第一話

人参リモートワープ

1

社内の会議室でノートパソコンを開く。部屋に理恵一人だけのせいか、無味乾燥で寒々しい。ネットの接続状況や電池残量を確認し、ウェブ会議用のソフトを起動する。

予定時刻である午前十時が目前に迫り、理恵は番号を入力した。しばらく待つとノートパソコンのカメラによって、現在進行形で撮影された理恵の顔が表示される。

メイクの乗りも口紅も問題ない。前髪の位置を調整していると、画面に女性の顔が映し出された。

「奥谷《おくたに》さん、おはようございます」

「おはようございます」

挨拶を交わした米田千秋《よねだちあき》は理恵より少し年上の社員だ。長期出張中の千秋は理恵と同じように、出先の会議室でネットに繋いでいる。千秋の背後は白色のブラインドが下りていた。

続けて黒縁眼鏡《めがね》が画面いっぱいに映し出された。

「あれ、これは映ってる?」

小倉恭司《おぐらきょうじ》は自宅のパソコンからネットに繋いでいる。理恵と同学年の三十二歳で、困惑した様子でカメラと顔の位置を調整した。座卓にノートパソコンを置いているのかカメラの目線が低い。カメラの角度を調整した拍子に、レジ袋から飛び出た出汁《だし》用昆布の袋が見えた。顆粒《かりゅう》ではなく、一から出汁を取る主義のようだ。

昨夜、記録的な豪雨が街を襲った。暴風雨は甚大な被害をもたらし、倒木が線路内に倒れ込み寸断された。急ピッチで復旧中だが、現在も電車は不通のままだ。

小倉は運行中止になった沿線の住人だった。事態を重く見た会社は今朝の時点で在宅勤務の許可を出した。夕方には全面復旧の予定だが、バスなど他の通勤経路は現在も大混雑のようだ。

理恵たちは今日の午前、会議を予定していた。そこで通勤が難しい社員は自宅から参加することになったのだ。

最後に若手社員の片山美帆《かたやまみほ》が慌てた様子でログインしてきた。

「お待たせしましたっ。すみません、パソコンの調子が悪くて」

昨年入社したばかりの最年少の女性社員だ。美帆も豪雨の影響で自宅からの参加だ。

普段よりも若干簡素なメイクで、背景は白い壁だった。

自宅でウェブ会議をすると生活の様子を知られてしまうことがある。それを避けるため壁だけが映る場所にノートパソコンを置いているのかもしれない。

全員が揃い、ホスト役である理恵が開始を告げる。

会議が四十分ほど続いたところで、理恵は手元にある書類を手に取った。

「続いてこちらの資料をご参照ください」

理恵が画面に掲げると、美帆が同じ資料を取り出した。千秋は横に置いたタブレットを見ている。小倉は身体を屈《かが》め、足下を探っている様子だ。

「小倉くん、どうしたの？」

「すみません、資料が見当たらなくて。出力し忘れていたかな」

小倉が焦った様子でパソコンの脇の画面外を漁ると、千秋が発言した。

「PDFはメールで共有してあるから、画面で見ればいいんじゃない？」

「えっと、そうですね。メールを探します」

小倉が困り顔で返事をする。業務ではペーパーレス化を進めているが、紙資料も根強く残っている。素早く情報を参照するための媒体として紙は極めて優秀だ。ウェブ会議中だと画面上のスペースも限られる。小倉も本音では紙資料を片手に会議を進めたいのだろう。

「すみません。お手洗いに失礼します」

美帆が立ち上がり、画面外に姿を消した。

「一旦休憩にしましょう」

流れが止まったので、休みとしてはちょうど良いだろう。千秋がコーヒーの紙コップを手に画面から消える。

理恵は大きく伸びをした。ウェブ会議は何度か経験があるが、発言のタイミングが難しい。声が重なるのを避けるため、普段と勝手の違う緊張感があった。

「すみません、資料を見つけました」

小倉の声がして画面に目を向けると、資料を手に持っていた。休憩中に再度資料を探していたようだ。千秋と美帆の顔も映り、理恵は会議を再開させた。

「みなさんお疲れ様でした」

理恵はお昼前に終了を告げた。小倉と美帆が接続を切る。凝りを感じた理恵は肩を回す。するとノートパソコンから小さなつぶやきが聞こえた。

「人参《にんじん》がワープした……」

画面に千秋が残っているが、直後に接続が切れた。会議室に沈黙が落ちる。理恵は立ち上がり、窓のブラインドを開けた。目映《まばゆ》い光に目を細める。昨日の豪雨の影響で街路樹の葉が歩道に散乱していた。

「……人参？」

接続が切れる間際、千秋は険しい表情だった。つぶやきの意味は気にはなったが、やるべき仕事は山積みだ。ランチを何にしようか考えながら、理恵はノートパソコンの電源コードのプラグを引き抜いた。

その店の前を通ったとき、理恵は既視感を覚えて立ち止まった。

煉瓦《れんが》造りを模した落ち着いた外観は、年月を重ねたことで荘厳な雰囲気を纏《まと》っている。だが、ブリキ製の看板に書かれた『洋食屋えんとつ軒』という文字は可愛《かわい》らしく、親しみが感じられた。

スープ屋しずくに雰囲気が似ていると思った。スープ屋しずくも煉瓦をデザインしたタイルを外壁に使っている。しかし洋食屋なら珍しくはないので、理恵はなぜこのお店に限って似ていると感じたのか首を捻《ひね》る。

時刻は昼の一時過ぎで、えんとつ軒は営業中だった。窓から見える限り繁盛しているが空席はあるようだ。会議に集中していたため昼食を食べ損ねていた。

シックなデザインの木製ドアを開ける。するとデミグラスソースを思わせるコク深い香りが漂い、厨房《ちゅうぼう》からは肉の焼ける音が響いた。

「いらっしゃいませ」

テーブル席が六つと五席のカウンターは大半が埋まっていた。理恵と同年代の三十歳前後の女性店員が空いていたテーブル席に案内してくれる。

理恵は革張りの椅子に腰かける。赤と白のチェックのテーブルクロスがレトロで可愛らしい。店内を見回すと、客の大半がカレーを食べていた。メニューを眺めると名物ビーフカレーと書かれてあった。

「ご注文はお決まりでしょうか」

女性店員が水とおしぼりを運んでくる。ハンバーグやオムライスなどにも心惹かれるが、まずは一番人気を頼むことにした。

「ビーフカレーをお願いします」

「かしこまりました」

女性店員が厨房に注文を大声で告げると、厨房から同じくらい威勢の良い女性の返事があった。厨房にいるのは六十歳過ぎの女性で、よく見るとホールの女性と顔がそっくりだ。母娘なのかもしれない。

最初にサラダが運ばれてくる。レタスとキュウリ、トマトというシンプルな構成だが、新鮮ではりがあった。玉ねぎベースの和風ドレッシングは安心する味わいだ。

「お待たせしました。ビーフカレーです」

金線で縁取られた白の平皿に艶やかなご飯がもられ、チョコレートのような色合いのカレーが注がれていた。具材は牛肉と玉ねぎだけのようで、らっきょうが添えられている。

理恵は綺麗《きれい》に磨かれたステンレス製のスプーンを手に取り、カレーを口に運んだ。

「美味しい」

思わず声が出ていた。とろみのあるルーは濃厚だが優しい味わいで、不思議なほどに余韻が続く。突出したスパイスはなく複雑な香りが絡み合っている。じっくりと焙《ばい》煎《せん》された素材が生むコクと、硬めに炊きあげられたお米との相性が最高だ。

そして食べた瞬間、不思議と懐かしい気持ちになった。

だけどその正体はわからない。家庭のカレーとは一線を画しているし、理恵に欧風カレーの思い出があるわけでもない。それなのに不思議と記憶のどこかを刺激する。

肉はしっかりと煮込まれ、嚙《か》むと繊維がほぐれた。玉ねぎは甘さを感じつつ、舌に刺さるような辛みが綺麗に消えている。つけあわせのらっきょうも酸味が効いていて、口の中をリフレッシュさせてくれた。

食べ終えた理恵は深い満足感に浸った。だけど懐かしさの正体がわからなくて、もどかしさを覚える。

会計を済ませながら、対応してくれた女性店員に名刺を渡した。

「こちらのビーフカレーをいただき、とても感動しました。突然申し訳ありません。わたくし、こういう者です。もしよろしければうちで紹介させていただけませんか」

名刺を受け取った女性店員に、理恵は自分の仕事内容を伝える。すると女性店員は顔を明るくさせた。

「ああ、あのフリーペーパーなら私も何度かもらったことがありますよ」

えんとつ軒のカレーをぜひ紙面に載せたいと思った。多くの人が興味を抱く記事になるに違いない。だけど女性店員は首をひねった。

「うちは三十年くらいやってるけど、基本的に雑誌とかは全部お断りしているんです。私は構わないと考えているんだけど、母がそういうの苦手で」

女性が厨房に目を向ける。やはり調理担当の女性と親子らしい。

「でも一応話は通しておきますよ。うちの味を気に入ってくれて嬉しいです。ぜひまたいらしてください」

「よろしくお願いします。今日はごちそうさまでした」

理恵は頭を下げ、店を後にした。長年続けている店は露出を敬遠する傾向がある。新規客を必要としていないし、常連が入れなくなることを嫌うためだ。

だけどえんとつ軒のカレーはぜひ紹介したかった。断られた場合に、女主人を説得する方法はあるだろうか。バス停を目指しながら理恵は考えを巡らせた。

理恵は別の打ち合わせを終えてから会社に戻り、エレベーターで自席のあるフロアまで上った。廊下を歩いていると、会議室のドアが開いていた。先約があって顔を出せない会議があったはずだ。様子を窺《うかが》うため覗《のぞ》き込むと、千秋の怒声が耳に飛び込んできた。理恵は出入口付近で立ち止まる。

「前から気になっていたけど、片山さんは社会人としての自覚が足りないわ。デスクには私物が多いし、業務中の私語も多い。プライベートとの区別がついていないのよ」

覗き込むと四人が円卓を囲み、全員がノートパソコンを開いていた。画面には出張中の千秋の顔が映っている。座席の中央に会議用の外部スピーカーが置かれ、美帆を責める千秋の言葉が続いた。

美帆はミスでも犯したのだろうか。ノートパソコンの前で項垂《うなだ》れ、涙目になっている。理恵は明るい声を出しながら会議室に足を踏み入れた。

「今戻りました。失礼します。会議がまだ進行中なら、決定事項だけでも聞かせてもらっていいですか?」

美帆がすがるような視線を理恵に向け、他の参加者も安堵《あんど》の表情を浮かべた。千秋は咳払《せきばら》いをしてから「以後注意するように」と澄まし顔で告げる。会議は終盤だったようで、理恵が決定事項を確認して解散になった。

デスクに戻ると、美帆が近づいてきて頭を下げた。

「先ほどはありがとうございました」

「何があったかわからないけど、米田さんは理不尽に叱ったりはしないと思う。片山さんのためのことだと思うから気に病まないで。しんどいかもしれないけど、仕事で挽回《ばんかい》しよう」

「わかりました。ありがとうございます！」

美帆が明るい調子でうなずき、自分の席に戻っていった。美帆は気持ちの切り替えが上手く、部署のムードメーカーにもなっている。

ただ、気になることがあった。千秋は仕事に厳しい。だけど滅多なことでは人前で叱り飛ばし、面目を潰す真似はしないはずだ。

理恵は席に戻った美帆を目で追う。私物のバインダーはラベンダー色で、花柄のシールでデコレーションされている。付箋メモはアニメキャラのグッズだ。伝言に使うメモに可愛らしいスタンプを押すこともある。それに性格なのか私語も目立つ。

理恵としては部署内の人間と遣《や》り取りする範囲だけでなら問題はないと思っている。だけど社外の人の目に入り、不真面目だと捉えられる可能性もなくはない。だから千秋が注意する気持ちも理解できた。

そこでデスクの電話が鳴り、受話器を取ると千秋だった。千秋について考えている最中だったので狼狽《ろうばい》してしまうが、相手は普段通りに話しはじめる。

「さっき確認するのを忘れていた。奥谷さんに相談があったんだ」

「何でしょう」

千秋の用件は取引先についてだった。挨拶で手土産《みやげ》を渡す予定だが、担当者が喜ぶものを教えてほしいというのだ。理恵が懇意にする相手だったため、先方が喜びそうで、かつデパ地下で入手しやすい品をいくつか伝えた。

「ありがとう。すごく助かる。そういえばこの前教えてくれたスープ屋しずく、とっても美味しかった。私も奥谷さんみたいに通っちゃうかも」

「気に入ってもらえたなら幸いです」

簡単な雑談を交わしてから通話を終え、理恵は受話器を置いた。千秋は変わりなく思えた。気にし過ぎだと思い直し、目の前の仕事に気持ちを切り替えた。

2

パソコンから顔を離し、時計を見ると夜六時近かった。集中すると画面に顔を寄せすぎてしまう。無理な姿勢と目の疲れのせいか肩の筋肉が強張《こわば》っていた。

理恵は仕事に区切りをつけ、後片付けをして席を立った。空腹を抱えて建物を出たところで、気になっていた和食屋に向かうことに決める。地元産の新鮮な魚を使った海鮮丼が美味しくて、夜に訪れたいと以前から考えていたのだ。

和食店への最短経路に公園があった。冬なら暗さに躊躇《ためら》いそうだが、九月初旬なのでまだ明るい。ケヤキの樹は濃い緑の葉が茂っている。

公園の芝生では、小学校低学年くらいの女の子が友達と縄跳びをして遊んでいた。

遅い時間なのに大丈夫だろうかと心配しながら自動販売機のある角を曲がると、理恵の耳に聞き慣れた声が飛び込んできた。

「千秋さん、どうして別れるなんて言うんだ」

理恵が顔を向けると、ベンチに座る小倉と目が合った。スマホを耳に当てている。

距離は五メートル程で、セルフレームの黒縁眼鏡は間違えようがない。二人して固まっていたが、小倉が焦った様子で口を開いた。

「ちょっと、千秋さん。切らないで」

小倉が茫然《ぼうぜん》とした様子でスマホを耳から離す。理恵はその場を動けない。小倉は理恵に顔を向け、引きつった笑みを浮かべた。

「聞いた？」

「ごめん、小倉くん。聞こえた」

社内恋愛をしていた小倉と千秋が別れ話をしていたということは、短い発言と態度から充分に推測できた。理恵は二人の交際を知らなかったし、社内でも公表していないはずだ。小倉は大げさにため息をついてから理恵に訊《たず》ねてきた。

「奥谷さんに聞きたいことがあるんだ」

「えっと、私でよければ」

飲み屋で腰を据えて聞くべきだろうか。迷ったがとりあえずベンチの隣に座る。

「実は半年前からの付き合いなんだ」

小倉の故郷は鳥取らしいのだが、千秋が前職に就いていたとき同じ市内に住んでいたという。そして地元の話題が弾《はず》んだことがきっかけで親しくなったようだ。周囲に内緒にしていたのは、気を遣われたくなかったことと、別れた場合のことを考えた末での結論なのだそうだ。

小倉は順調に交際が続いていると思っていた。だが数日前に突然、千秋の態度がおかしくなったという。

「この前の自宅でのウェブ会議の日からなんだ」

「ああ、あの豪雨の翌日のときだね」

理恵を含めた四人で会議をした日から、千秋にメッセージを送っても返事がこなくなった。電話にも全く出ず、千秋は出張中のため直接問《と》い質《ただ》すこともできない。会社での業務連絡は戻ってくるので体調不良ではなさそうだ。

そして不審に思いはじめた小倉のスマホに、突然別れのメッセージが届いた。それが本日の終業直後の出来事だった。

「慌てて電話したらようやく通じたけど、千秋さんは別れるの一点張りだった。『自分の胸に聞け』や『裏切り者』と罵られ、『証拠がある』とまで言われたんだ。だけど心当たりは全くないんだ」

小倉が憔悴《しょうすい》した顔で項垂れる。話を聞くうちに公園は暗くなり、街灯が白い光で園内を照らしていた。理恵は念のため訊ねた。

「浮気はしていないんだね」

「絶対にしていない」

小倉は断言するが、理恵には嘘《うそ》をついているか判別できない。理恵は数日前、千秋に抱いた疑問点を思い出す。美帆への当たりが妙に強かったが、気のせいかもしれないので不用意に話すのは避けた。そこでもう一つの引っかかりが脳裏に浮かんだ。

「人参がワープしたって、どういう意味だと思う？」

「食べる人参のことだよな。ちょっとわからない」

「そうだよね」

千秋がウェブ会議の直後につぶやいていた言葉だが、小倉に心当たりはないようだ。

すると小倉が座ったまま頭を下げた。

「突然こんなことを言われても困ると思う。だけど俺は別れたくないんだ。でも千秋さんが何も語ってくれない以上、俺には為《す》す術《べ》がない。なぜ千秋さんが別れたがっているのか、調べるのを手伝ってくれないか」

小倉のつむじを見ながら、理恵は返事に困る。三十歳を越えた大人の恋路に、第三者が手を出すのは気が引けたのだ。

「あっ」

迷っていた理恵の視界に、少女が転ぶ様子が目に入った。先ほど公園内を遊んでいた低学年くらいの子で、今は一人のようだ。もう暗いのに親の姿はない。

直後に隣に座っていた小倉が「大丈夫か」と声をかけながら女の子に近づいていった。理恵も遅れて追いかける。小倉が女の子のそばでしゃがみこむ。

「怪我はないみたいだね」

女の子は長ズボンで、転んだ場所も芝生《しばふ》だった。

「ありがとうございます」

立ち上がった女の子がお辞儀をする。痛みに堪《こら》えているのか半泣きだ。

理恵が腰を屈め、少女の衣服についた汚れをハンカチで払う。少女が洟《はな》をすすってから、小倉のバッグに視線を向けた。

「あ、そのぬいぐるみ……」

小倉のバッグにはぬいぐるみがぶら下がっていた。会社のマスコットキャラで、帽子を被《かぶ》って虫眼鏡を持った探偵風の黒猫だ。フリーペーパーの表紙にも載っている。社長の鶴の一声で大量生産したため、社内にたくさん余っているのだ。小倉が女の子に訊ねた。

「知っているの？」

「うん、可愛いから好きなんです。どこで売ってるんですか?」

残念だが一般販売はしていなかった。手に入れるにはフリーペーパーの巻末プレゼント企画に応募して当選するしかない。すると小倉がバッグからビニールに包まれた手のひらサイズのぬいぐるみを取り出した。

「転んでも泣かなかったご褒美にプレゼントするよ」

「えっと、本当ですか。でも……」

知らない人に物をもらうことが不安なのだろう。すると小倉がバッグからフリーペーパーを取り出した。

「実はおじさんとお姉さんは、ぬいぐるみを作った会社の一員なんだ」

「すごい！　ありがとうございます」

素性を明かしたことで信用を得られたのか、女の子はぬいぐるみを受け取った。数秒前まで涙を堪えていたのに、嬉しそうな表情でぬいぐるみを抱きしめる。

自宅は公園に隣接するマンションの一室らしく、理恵たちは手を振って見送った。小倉は暗い公園から出るまで背中を見守っている。理恵は小倉に訊ねた。

「あのぬいぐるみ、持ち歩いているんだ」

「取引先で渡すと喜ばれるんだよ。しかし効果覿面《てきめん》だったな。やっぱり小学生くらいの女の子には、ぬいぐるみを渡せば間違いないな」

過去に小学生女子にぬいぐるみを渡して好評だった経験があるのだろうか。ぬいぐるみなら喜ばれる可能性は高いはずだが、理恵は自身の小学生時代を思い返した。

「でも高学年にもなると大人びた物に憧れるから難しいよね。ほんの数年でぬいぐるみや人形を子供っぽく思えちゃうから面白いよ」

「えっ、そうなの？」

小倉が意外そうに目を大きく広げた。

「アクセサリーを自作できるメイキングトイは人気だし、石鹸《せっけん》で簡単に洗い流せるキッズコスメなんかも売れ線だよ。ベルトやバッグなんかも、背伸びしだして大人びたデザインを好む子が増えてくるからね」

「全然知らなかった。女の子はぬいぐるみが鉄板だと思っていた」

小倉が愕然《がくぜん》とした表情を浮かべる。男性だと身近な親戚でもいない限り、小学生女子が好む贈り物などわからないだろう。そういう理恵も露に渡す誕生日プレゼントを迷った挙《あ》げ句《く》に日和《ひよ》って図書カードに決めたことがある。

「小倉くんと米田さんの件、何かわかったら報告するよ」

「本当か。恩に着るよ」

小倉が手のひらを合わせる。転んだ女の子を見て考える間もなく駆けつけた小倉は、きっと信じるに値する人物なのだろう。小倉が裏切りという言葉に心当たりがないのであれば、千秋とも話し合う余地がきっとあるはずだ。

小倉は手を振って駅方向に去っていく。

安請け合いをしてしまったが、悩ましい問題だった。千秋は話し合いを拒否している。それは問答無用で別れるという意思表示のはずだ。理恵は夕飯を摂りながら考えることにして、すっかり暗くなった公園を注意しながら歩いた。

窓から早朝の光が差し込み、ルイボスティーから甘い香りが立ち上る。陽射《ひざ》しは強く、日中の暑さを予感させた。

ミネラルを感じさせる風味は、理恵の朝の定番だ。珈琲《コーヒー》や紅茶を嗜《たしな》んだ時期もあったが、カフェインを含むドリンクは胃を痛める。カフェインを含まないルイボスティーが欠かせなくなった。

「洋食店ですか」

麻野の声が耳に心地よく響く。

「本当に素晴らしいお店だったんです。ビーフカレーが絶品でした」

「洋食のカレーは美味しいですよね。実は僕も以前、洋食店で働いていたことがあるんですよ」

「そうなんですか？」

麻野は高校卒業後、フレンチレストランに勤めていたと聞いている。

「実は高校時代に二年ほど、キッチンサンライズという洋食屋さんでアルバイトをしていたんです。その時点で将来は飲食業をするつもりだったので、店長からも料理を教えてもらいました」

洋食屋の店長は一介のアルバイトに対し、調理の基礎から丁寧に説明してくれたという。自分にとって師匠とも呼べる恩人だと麻野は微笑みながら言った。

「そうだったんですね。ただ実は、取材を断られてしまいまして」

昨日、えんとつ軒から電話がかかってきた。電話の主は遠藤《えんどう》たつ子《こ》で、あの日厨房で腕を振るっていた店主だった。そしてたつ子から丁寧な口調で「遠慮させてもらいます」と告げられたのだ。

「どういった理由だったのでしょう」

「表に出るのが得意ではないと仰《おっしゃ》っていました。無理強《じ》いするのは本意ではありませんが、あきらめ切れないんですよね」

「理恵さんがそこまで惚れ込むのなら、本当に良いお店なんでしょうね」

麻野が布巾でカウンターの裏側まで丁寧に拭いている。客の目が届かない死角まで綺麗にする姿を見て、それがスープ屋しずくの居心地の良さに繋がっているのだと感じた。そしてえんとつ軒を理恵が気に入った理由の一つでもあると思い至る。

「お料理も素晴らしいのですが、お店の隅々まで配慮が行き届いているんです。三十年以上同じ場所で営んでいるとのことで、相応の年季が感じられます。それなのに清潔さが伝わるのは、店主の地道な努力の結果だと思うのです」

料理や店の経営に関しては素人だが、店内の様相と味には関係があるように思える。おおざっぱに作っても食べられるものはできる。だけどそこに細かな技術を加えることで、じわじわと食味が向上していく。

一手間ずつ抜き出せば、完成品に与える影響はわずかかもしれない。だけど小さなプラスが重なることで、出来上がった料理は別物のように美味しくなる。

素晴らしい料理は無駄にも思える無数の一手間によって成り立っている。

「素材に細やかな手を加えられる人なのかどうか。それは店の雰囲気にも表れてくると思うんです」

料理に集中するあまり清掃が疎《おろそ》かになる名店もあるかもしれない。だけど店内の細やかな掃除や食器の手入れなどが行き届いている店は、素材に対しても同様の気遣いができるように思うのだ。

スープ屋しずくの食器も料理に合わせ、毎回趣向を凝らしている。その影響もあって理恵も器に興味を抱くようになり、普段使いの食器に気を遣うようになった。

「えっと、すみません。言い過ぎました」

自説を言い終えた理恵は急に恥ずかしくなってきた。店舗を実際に経営している麻野に語るなど釈迦《しやか》に説法もよいところだ。

「いえ、僕も背筋が伸びる思いです。今のお話はフリーペーパーの編集者として理恵さんが培《つちか》った経験によって導き出されたものですから」

そこで麻野が何かに気づいたように眉を上げた。

「今のお話をその洋食屋さんにお伝えすればよいのではありませんか」

「えっ」

「理恵さんがお店を紹介したいと願う気持ちは、きっと届くはずですよ」

長々と語ってしまったが、全て理恵の本音でもある。自分の気持ちを伝えることが苦手だった。だけど麻野の後押しがあれば、怖いけど踏み切れる気もした。

「ありがとうございます。がんばってみます」

麻野に礼を告げてから、理恵はぽってりと厚みのあるスープボウルから、茄子《なす》の冷や汁を木匙《きさじ》でたっぷりすくって口に運んだ。

焼いた鯵《あじ》と味噌《みそ》の旨みが、よく冷えた出汁の風味と混ざり合っている。旬の茄子は浅漬けを薄切りにしてあり、みずみずしさとほのかな渋みが楽しめた。千切り茗荷《みようが》の辛みが効き、夏の疲れた身体に染み渡る。白ごまのぷちぷちとした食感も心地良い。

「美味しいですね。夏にぴったりの味です」

「気に入ってもらえて何よりです」

麻野がくすぐったそうに笑う。料理も大満足だけれど、麻野の笑顔を見ながら朝食を食べられることが何よりも幸せだった。だけどそのことを口に出す勇気はまだなかった。

茄子の紫色はナスニンと呼ばれるポリフェノールで、強い抗酸化作用があると言われている。コレステロールを抑えたり、老化防止などの効果が期待できるらしい。

「それと麻野さんに相談があるんですよ」

仕事の話が続いたので、理恵は千秋と小倉のことに話題を変えた。

二人の交際を知ってから三日が経つ。昨日また同じ顔ぶれでウェブ会議をしたが、千秋は淡々と担当の仕事の報告をしただけだった。会議以外でも出張中の千秋とはまともに話もできていない。

「ワープする人参ですか、奇妙な言葉ですね」

理恵は公園で小倉から聞いたことなども説明したが、麻野は不思議そうに首を傾《かし》げただけだった。

麻野はオリーブの木で作られた木べらで野菜を丁寧に炒《いた》めていた。オリーブウッドは木目が複雑で、硬い材質が特徴らしい。麻野が料理人を志した頃から愛用しているお気に入りの器具なのだという。

公園の出来事の後、意識して小倉と千秋について情報を収集すると、様々なことがわかった。

小倉には意外な経歴があった。現在三十二歳にしてバツイチなのだ。都内の大学に通っていた際に学生結婚をしたという。理恵は知らなかったが、社内では有名な話らしかった。

だが三年程で離婚をし、現在は独り身だった。結婚生活や離婚の原因について本人が話したがらないため謎に包まれているのだそうだ。

ワープする人参について千秋本人にも訊ねたが、「そんなこと言った覚えはない」とはぐらかされてしまった。

ドアベルの音が響き、スープ屋しずくに客がやってくる。

「すみません、ちょっと失礼します」

「いえ、お話を聞いていただきありがとうございます」

やってきたのは初来店の客だったようで、麻野が朝営業の仕組みを説明していた。

理恵は白米を用意する。炊きたてのお米はつやつやで、甘い香りが立ち上る。硬めに炊いたため粒がはっきりしていた。

冷や汁をごはんにかけ、添えの千切りの紫蘇《しそ》を入れる。それから匙ですくって口に運ぶ。味噌仕立ての汁とごはんの組み合わせは抜群で、さらに紫蘇の香りが鯵の旨みを際立たせた。さらさらとしたごはんと瑞々しい茄子が、流れるように喉を通る。美味しいものが気持ちを助け、豊かな栄養は身体に活力を与える。

窓に目を向けると、ほんの十数分前より陽光が強くなっている。今日も暑さが続くだろうけど、気持ちよくがんばれそうな気がした。

3

今日は美帆と一緒に、新しくできた料理教室の体験取材だ。教室はマンションの一室にある。時刻は午後の三時だった。朝から陽射しが強く、建物を見上げる美帆はレースのついた日傘を差していた。

「すごく楽しみです」

美帆はカジュアルなパンツスーツ姿で、料理をするからかメイクは大人しめだ。肩まであるブラウンの髪をバレッタでまとめている。

チャイムを鳴らすと五十歳くらいのエプロン姿の女性が出迎えてくれた。生成《きな》りのブラウスにコットンパンツという自然な風合いの服装で、柔らかな物腰でリビングまで案内してくれる。

「本日はよろしくお願いします」

「こちらこそ開いたばかりでまだ参加者が少ないので取材は助かります」

マンションの一室で伝統的な和の料理を教えるのが、この料理教室のコンセプトだった。講師は祖母や母から受け継いだ料理を伝えたいと考えて半年前に教室をはじめたらしい。口コミやネットで参加者を募集していたが、もう少し人を集めたいと考えているそうだ。

「本日は冷やし白玉ぜんざいを作りたいと思います」

取材で時間も短いため一品だけ作ることになっていた。講師から一枚のプリントを渡される。紙には小豆《あずき》の煮方など手順が丁寧にまとめられていた。

「本当なら小豆を最初から煮たいのですが、今日は途中まで調理したものを使います。もちろん市販の水煮でも結構です。ご興味があればレシピを元にご自宅で挑戦してみてください」

プリントには渋切りという工程が書かれてあった。小豆を水から茹《ゆ》でて沸騰させた後に茹で汁を捨て、新しい水を入れる作業らしい。皮に含まれる渋みや灰汁《あく》を除く効果があるそうだ。

講師が準備した小豆は、渋切りをしてから一時間煮たものだった。豆の品種や状態、大きさなどによって煮る時間には差が出るという。

講師が茹で上げた小豆を鍋に投入する。砂糖と水、さらに少量の塩を加えてから火にかける。それから十分ほど甘みが馴染《なじ》むまで弱火で火にかけるのだそうだ。

美帆がレシピを見ながら、鍋に砂糖を入れる。美帆は短大卒の二十一歳で、都会生まれのためか垢抜《あかぬ》けている。明るく常に一生懸命な姿勢を、理恵は後輩として信頼していた。

だが小倉と千秋に関する情報を集めた際、美帆に関するよくない噂《うわさ》も入手してしまった。理恵は普段、ゴシップに興味を示さない。だが意識して耳を傾けると、社内には様々な噂話が飛び交っていた。

美帆の悪評は『パパ』に援助されているという内容だった。

ある休日に、他の部署の社員が美帆と街中で出会った。美帆はラッピングされた贈り物を抱えていて、興味を抱いた社員が何かと訊ねた。すると美帆は笑顔で「パパから……」と言ってから慌ててはぐらかしたというのだ。

成人しても父親をパパと呼ぶ人は珍しくない。幼い呼び方に照れただけだと思うが、焦った態度が邪推を生み出したのだと思われた。

理恵は邪念を振り払い、粗熱の取れた小豆を冷蔵庫にしまう。水を加えた白玉粉を練っていると、講師が笑顔で話しかけてきた。

「お二人とも手際が良いですね。お料理は手慣れているのでしょうか」

褒められた美帆がはにかんだ。

「母が家事が大嫌いなんです。ずっと二人暮らしだったんで、子供の頃から全部私の仕事でした。でも全部自己流だったから、一から勉強できてすごく楽しいです」

「何でも聞いてくださいね」

美帆の屈託のない笑みに、講師は表情を綻ばせた。

白玉粉が耳たぶくらいの柔らかさになったので、丸く形作って沸騰したお湯に入れた。しばらく待つとぷかりと浮かび上がり、ざるに上げて冷水に入れた。冷ました小豆と合わせ、冷やし白玉ぜんざいが完成する。

テーブルにつき、理恵たちは手を合わせる。うっすら青みがかったガラスの器に盛られたぜんざいは見た目から涼やかだった。

「いただきます」

ティースプーンですくい、口に運ぶ。小豆は甘さがすっきりしていて、雑味がなく穀物ならではの味が感じられた。白玉は適度な弾力がありつつ歯切れが良く、安らぐような米の甘みがある。

「シンプルで滋味深いですね」

理恵の言葉に講師が微笑みを浮かべる。

「既製品も美味しいですが、やはり手作りの味は代えがたい宝物です。家で手作りして食べるという消えつつある伝統をなるべく長く守るため、この教室を続けていきたいと考えています」

短い取材となったが、納得いく記事が書けそうだ。美帆も満足そうに白玉ぜんざいを味わっている。

「美味しいですね。友達とはカフェでスイーツとかばかりだったんで、和の甘味はひさしぶりに食べました。温かいぜんざいも食べたくなってきますね」

「冷たいぜんざいのほうが応用ですからね。今から練習しておけば、冬頃には手慣れて気軽に作れるようになれますよ」

講師が嬉しそうに笑う。冷たいぜんざいも美味しいが、寒い時期に食べる温かなおしるこも格別だ。そういえばぜんざいとおしるこはどう違うのだろう。考えていると美帆のつぶやきが耳に入った。

「お雑煮が懐かしいな」

美帆がお椀《わん》を見詰めながら、口元を綻ばせる。美帆はお雑煮と言ったが、言い間違いだろうか。訊ねようとすると、講師が本棚から一冊の本を持ってきた。

「和菓子に興味がおありなら、こちらの本がおすすめですよ」

「わあ、どれですか？」

美帆が本を覗き込み、理恵は口を挟むタイミングを見失う。美帆からの質問に講師が笑顔で答える。教室を開くだけあって若い人に教えるのが好きなのだろう。教室が繁盛するのを願いながら、理恵は白玉の弾力を楽しんだ。

取材を終え、最寄り駅に向かう。日が傾きかけ、風に秋の冷たさを感じた。道端の雑草も何となく元気がない。学校帰りの生徒たちが騒がしく歩道を歩いている。

今から会社に戻ると定時を過ぎるため、理恵たちは直帰することになった。

「それじゃ私はこっちなんで」

改札を抜けると、美帆は理恵と違う路線のホームに向かおうとした。理恵の記憶では美帆が自宅に戻るには同じ路線を使うはずだ。

「片山さんの家ってそっちだっけ？」

「実は先日の大雨でアパートが床上浸水しちゃって、数日前に引っ越したんです。空いていたからって一階を選ぶんじゃなかったです」

ウェブ会議前日の大雨のことだろう。倒木が線路を塞いだ以外に、複数の川が氾濫を起こした。理恵の住む一帯は無事だったが、市内でも水浸しになった地域が多数あった。

「大変だったね。でも新居が決まってよかった」

美帆のアパートは家財道具の一部が水浸しになってしまい、完全に住めない状況だったらしい。だが幸いにも引っ越し先が見つかり、自治体からの支援金も下りるそうだ。そこで理恵は疑問を抱いた。

「引っ越し先が決まるまで、どこで生活をしていたの？」

「えっと、あの、知り合いの家に居候《いそうろう》を。あ、電車が来たので失礼しますねっ」

美帆が日を泳がせ、慌てた様子で階段を駆け上がる。何かを隠しているようにしか見えなかった。

パパに関する疑惑をかけられた際も、同じような態度を取ったのだろうか。それなら余計な疑惑を相手に抱かせてしまうかもしれない。

エスカレーターを上ってホームに立つと、向かいの車輌《しゃりょう》が発進した。アナウンスが流れ、電車に気をつけるよう注意を促した。

木製のスープボウルにたっぷりのスープが注がれている。高台《こうだい》が低く安定感があり、ころんとしたフォルムが愛らしい。匙を差し入れると、ソーセージの贅沢《ぜいたく》な香りが立ち上った。

本日はレンズ豆とソーセージのスープで、ドイツではリンゼンズッペと呼ばれているという。他の具材は刻んだ人参とジャガ芋だ。レンズ豆はその名の通り、凸レンズのような形をしていた。

「いただきます」

理恵が手を合わせると、麻野が無言で微笑んだ。麻野は今日も丁寧な所作で仕込みに集中している。

レンズ豆の炭水化物が溶け出したのか、スープにはとろみがついていた。すくって口に入れると、熱いくらいの温度を感じた。ブイヨンと野菜、ソーセージのたっぷりとした旨みが素直に舌に伝わる。加えて豆特有のコクも加わり、素朴ながら力強い味にまとまっていた。

「シンプルで毎日でも食べられそうですね」

「ドイツでは家庭料理として親しまれているそうです。日本で言うと肉じゃがみたいな立ち位置でしょうか」

連日の仕事で疲れた身体に染み込むような味わいだった。レンズ豆はほくほくとした食感で、ほろほろと口の中で崩れる。さらにソーセージの持つ豚肉の旨みと燻製《くんせい》香が感じられた。

麻野がハーブを千切りながら、ブラックボードの情報を説明してくれる。

「レンズ豆は他の豆類同様に、タンパク質や食物繊維が豊富です。さらにリジンもたくさん含まれています。こちらは集中力を高めたり、肝機能を強化するといった効果があるとされているのですよ。レンズ豆は水に漬ける時間も短時間で済むため、自宅で使うのに便利なんです」

理恵は耳を傾けながら、スープを含んだレンズ豆を大事に口に運んだ。

「最近はスーパーでもレンズ豆やひよこ豆を買えるようになりましたよね」

「日本では大豆製品は別として、他の豆類は甘くして食べる文化ですからね。塩辛くして食べる料理は普及に時間が必要だったのかもしれません。豆を甘くするあんこは、海外で敬遠される傾向にあるそうですよ」

老舗《しにせ》和菓子店がパリに支店を出した際にはあんこが避けられたらしい。だが良質な物を作り続けた結果、今では文化として受け容《うい》れられているという。

「先日料理教室の取材で、ぜんざい作りを体験したんですよ。時間がなくて小豆の下拵《したごしら》えはある程度済ませてありましたが、自分で作るのは楽しいですね」

「お汁粉も解釈次第では、豆のスープと言えますよね」

そこで理恵はふと、先日の美帆の発言を思い出した。

「そういえば一緒に教室を体験した子が、ぜんざいを食べてお雑煮を思い出すと発言したんです。本人に聞きそびれたのですが、不思議に思っていたんですよ」

「山陰地方がご出身なのでは？　鳥取県と島根県の一部では、温かなぜんざいをお雑煮として食べる風習があるそうですから」

「そうなんですか？」

関東で生まれ育った理恵にとって、お雑煮は鰹《かつお》出汁と角餅に鶏肉やかまぼこ、野菜という形式が常識だった。だが関西は丸餅で、京都ではさらに白味噌だと聞く。地域によっては煮干し出汁だったりするなど、地域差があるという話も聞いたことがあった。だがぜんざいをお雑煮として食べるのは驚きだった。

そこで理恵はふとあることに気づいた。

「あ、チームのメンバーの大半が鳥取に縁があるんだ」

小倉は鳥取出身だ。そして鳥取での勤務経験のある千秋と親しくなった。ただ、美帆は東京出身のはずだ。理恵のつぶやきに麻野が興味を抱いたようだった。

「ぜんざいをお雑煮と仰ったのは、先日伺ったウェブ会議の参加者の方ですか？」

「あ、はい。一番若い女性です」

理恵がうなずき、小倉や千秋と鳥取県の関わりについて伝える。すると麻野が思案顔になった。そこで麻野の背後で物音がして露が顔を出した。

「理恵さん、おはようございます。おひさしぶりです」

「おはよう、露ちゃん」

露が寝ぼけまなこで手を振る。そしてカウンター席に座り、麻野のスープをあくびしながら待つ。カウンター越しに二人が向き合う姿を眺めるのも理恵は好きだった。

ふと思い立ち、理恵は露に声をかけた。

「ねえ、露ちゃん。会社の同僚と話題になったんだけど、最近の小学六年生はどんなプレゼントをもらったら嬉しいのかな」

「プレゼントですか？」

露が口元に人差し指を当てた。麻野も興味があるのか素知らぬ顔で耳を向けている。

「友達はリュックとか電子辞書がほしいと言っていたな。あとはインスタントのカメラとか。でも私はペンケースとかカラーペンとか、学校で使える可愛い文房具がいいです」

小倉にはコスメやアクセサリーなどの大人びたプレゼントが人気と伝えたものの、露の挙げた品々は小学生らしくて安心する。

「素敵な文具は、持っているだけで気持ちが上向くよね。自然とやる気が出るし、億劫《おっくう》な仕事もがんばれそうな気がする」

「大人でもそうなんですか？」

露が意外そうな顔で聞いてくる。

「基本的には会社で支給される備品を使うけど、自分でお気に入りを買い揃える人もいるよ。同じチームで働いている子は自前のスタンプを持ってきて、メモ用紙や一筆箋に押したりしているし」

「会社って意外と自由なんですね」

露が感心した様子で言うと、麻野が理恵に訊ねてきた。

「スタンプにはどんな柄があるのでしょう」

予想外の質問を受け、理恵は記憶を辿《たど》った。

「小さなスタンプが何種類もあるセットで、星とか動物とかフルーツとか、シンプルな柄が揃っていたはずです。ただ、数が多くて全ては覚えていないです」

「なるほど、ありがとうございます」

麻野がスープをカウンターに置くと、露は期待に充《み》ちた顔で匙を手に取った。口に運んだ露が幸せそうに目を閉じる。その姿を見届けてから麻野が理恵に顔を向けた。

「先日ご相談いただいたワープする人参について、ある可能性に思い当たりました。ただ、いくつか確認していただく必要があります」

「何でも仰ってください」

麻野は先日のウェブ会議の録画があるか訊ねてきた。会議の様子は社内サーバに保存され、一定期間を過ぎるまで見返せる。出社すればすぐに確認できるはずだ。

録画を見返す目的を教えられた理恵は、思わず声を漏らした。さらに麻野はいくつかの情報から、もう一つの真実も推理をはじめる。

確証のある情報ではなかったが、意外な指摘に理恵は言葉を失うしかなかった。

4

業務が終わった後、理恵と千秋は会社近くの居酒屋に向かった。席は事前に予約してあり、四人がけの半個室は静かで落ち着いていた。

「お疲れさまでした」

冷えた生ビールで乾杯する。ジョッキを傾けると、白い泡が滑るように喉を流れていった。千秋は今日ひさしぶりに出張から戻ってきた。黙々と仕事をこなしていたが、小倉はどこかやりにくそうにしていた。

お刺身の盛り合わせと枝豆、温玉シーザーサラダという無難な料理がテーブルに並ぶ。今日は理恵から飲みに誘った。雑談を交わし、話題が途切れたのを見計らって理恵は口を開いた。

「会議のアーカイブを見返して、ワープした人参の意味がわかりましたよ」

「奥谷さんも気づいたんだね」

千秋が鯵の刺身を口に入れる。それからビールをいつもより多く飲んだ。

麻野のアドバイスに従い、理恵は会議の様子を見返した。すると推理通りの状況を確認することができた。

あの日のウェブ会議では、小倉と美帆は自宅からの参加だった。前日の大雨で線路が封鎖されたのが原因だ。だが後で美帆からは床上浸水していたと聞かされた。つまり自宅ではなく別の場所でネット接続をしていたことになる。

会議の途中、小倉は紙資料がないと言い出した。会議は一旦休憩に入り、美帆はお手洗いのため画面外に姿を消した。千秋もコーヒーを淹《い》れに行き、小倉は資料を探すためかカメラ位置の外にいた。

その後、小倉は紙資料を発見し、全員に示すようにカメラに近づけた。その様子をよく見ると、紙資料の片隅に人参のスタンプが押されていたことがわかる。

次にアーカイブ動画を早戻しすると、ある事実が確認できる。理恵が資料を出すように指示を出したときに、美帆も紙資料を掲げていた。そして美帆の資料の片隅の同じ位置にも人参のスタンプが押されてあったのだ。

加えて小倉が紙資料を発見した以後、美帆の画面に一度も紙資料が映っていない。データはあるのだから画面に表示させれば会議に支障はない。

また、小倉が資料を探している最中、美帆は席を外していた。画面外で資料を手渡すことは充分に可能だった。

小倉の背景はテレビなどが映り込んでいて、自宅であることは間違いない。だが美帆の背景は真っ白の壁だけなので場所の特定は難しい。

つまり小倉が見つかったと主張した資料は、数分前まで美帆が持っていたものだった可能性が高いのだ。人参のスタンプが押された資料が時空を越えてワープしたものでない限り、二人は同じ家にいたことになる。

ただし美帆の居候先が偶然、小倉と同じマンション内だった可能性もある。だが小倉は休憩時間中、数秒しか画面から消えていない。その時間を使ってリビングを出て、玄関で資料を受け取って戻ってくるのは不可能だ。少なくとも美帆は合鍵などで小倉の部屋を自由に往き来できたことになる。

千秋が枝豆を食べてから口元を歪《ゆが》めた。

「午前十時に同じマンションの一室にいたんだよ。浮気以外考えられない」

小倉のマンションは１ＬＤＫで壁紙は白色らしい。千秋は人参のワープに気づき、小倉の裏切りを確信した。だから別れを切り出したのだ。

「実は学生時代から付き合っていた彼氏に浮気されて、酷い別れ方をしたことがあるの。だから絶対に浮気が許せないんだ」

千秋がビールを飲み干し、そばを通った店員にお替わりを頼んだ。千秋とは何度か酒席を共にしたが、普段よりペースが明らかに速い。美帆に対して当たりが強かったのも浮気相手だと考えれば苛立《いらだ》ちもするだろう。

理恵は背筋を伸ばし、千秋に正面から向き直った。

「実は米田さんに謝らなければいけないことがあります。今回の件について小倉くんは釈明したいと言っています。話だけでも聞いてあげてくれませんか」

店員がビールジョッキを受け取り、千秋が顔をしかめた。

「だから私を飲みに誘ったんだ」

千秋は不服そうだが、理恵の顔を立てたのか頷《うなず》いてくれた。理恵がスマホで呼び出すと、近くのカフェで待機していた小倉はすぐに姿を現した。

小倉が理恵の隣に座り、神妙な顔つきで頭を下げた。

「話をする機会を与えてくれてありがとう。千秋さんに不要な心配をかけて本当に申し訳なく思っている。今回の件は全て俺の責任だ」

「納得できる理由があるとも思えないけど」

千秋の声は冷え切っている。小倉が運ばれてきた烏龍茶《ウーロン》で喉を湿らせた。

「ウェブ会議の日、片山さんが俺の家にいたのは事実だ。前日の雨でアパートが床上浸水し、行き場を失って俺のマンションに避難したんだ」

美帆が泊まったことを認めた発言に、千秋が一瞬だけ泣きそうな顔になった。

「やっぱり浮気じゃないの」

「確かに泊まったが、後ろめたいことは何もない。俺と片山さんは親子なんだから」

小倉の告白に千秋の表情が固まる。当然の反応だろう。理恵も事実を知ったときは頭がついていかなかった。千秋が目の端に涙を浮かべながら小倉をにらみつけた。

「馬鹿にしないで。あなたは三十二歳で、片山さんは二十一歳でしょう。十一歳のときの子供だとでも言うの？」

「俺が学生結婚したことは話したよな。美帆は、元妻の連れ子だったんだ」

小倉は大学生時代、二十歳の若さで結婚をした。相手は当時三十歳で、さらに子供も育てていた。その娘が当時九歳の美帆だったのだ。

「大学生で九歳の女の子の父親になるのはさすがに不安だった。だけど籍を入れる以上、俺は覚悟を決めたんだ」

小倉は大学生と夫という二足のわらじに加え、父親の役目も担《にな》おうと努力した。最初は娘に対して距離を感じた。しかし妻の奔放な性格に反し、娘の美帆はわがままを言わない大人しい子だった。父と娘は徐々に距離を縮めていったという。

「誕生日にぬいぐるみを渡した頃からかな。あいつが徐々に懐いてくれたんだ。それ以降、記念日には毎回ぬいぐるみを贈っていたんだ」

ぬいぐるみを贈られた美帆は、必ず笑顔で受け取っていたらしい。その経験もあって小倉は小学生の女の子に贈るプレゼントならぬいぐるみで間違いないと信じ続けていたのだ。

美帆の母親は料理が苦手で、美帆はずっと弁当やレトルト食品で育ったらしい。季節のイベントとも無縁だった。小倉は正月に雑煮を手作りして、美帆と一緒に味わっていたという。

小倉は鳥取出身で、雑煮はぜんざいに似ていた。美帆は九歳の時点で雑煮を食べたことがなかった。そのため美帆にとって雑煮イコールぜんざいになった。だから料理教室で冷やしぜんざいを食べた際に自然とお雑煮を連想したのだ。

小倉は美帆と親子になれたと思っていた。だが結婚生活は三年と少しで破綻する。離婚の際に元妻は美帆を連れて連絡を絶った。手元には記入済みの離婚届だけが残され、小倉は美帆と他人になった。

そして離婚から八年後、小倉と美帆は再会を果たす。小倉が働いていた会社に、美帆が偶然新入社員として入社したのだ。

「これが俺たちの関係なんだ。もうすぐ美帆もここに来るから」

小倉が美帆に連絡し、近くまで呼んでいるという。五分後、居酒屋に美帆が姿を現す。急いだのか息が切れていた。美帆は空いていた千秋の隣に腰かけた。

「小倉さんから事情は聞きました。これを見てください」

美帆がスマホに一枚の画像を表示させた。場所は公園のようで、若い頃の小倉が笑っている。隣に頭髪を金色に染めた女性が寄り添い、二人の前で満面の笑みの少女がピースサインをしていた。

派手な装いの女性は、美帆に目鼻立ちが似ていた。そして小学生くらいのあどけない少女は幼少時の美帆だと思われた。

写真を見た千秋の顔に困惑の色が浮かぶ。美帆が悲痛な様子で訴えかける。

「私と小倉さんは親子であって、それ以外の関係ではありません。だけど小倉さんにとって母との結婚は触れられたくない過去でした。それに十一歳しか年の離れていない親子関係について、周囲から変な目で見られるのが嫌だったんです」

美帆の母親は、小倉との離婚の際に浮気をしていた。さらに借金を押しつけられるなど小倉は散々な目に遭っていた。そのため同僚から結婚生活について聞かれても黙っていたのだ。

小倉と美帆は話し合い、単なる同僚として交流を再開させた。戸籍上も他人なのだ。だが小倉にとって美帆は幼い娘のままだった。だから誕生日のお祝いとして、過去の経験を基にぬいぐるみを贈ったというのだ。

美帆はぬいぐるみを受け取った日の帰りに同僚に遭遇した。そこで贈り主を聞かれ、とっさにパパと答えてしまう。はぐらかしたせいで誤解を呼んだが、美帆にとって紛れもなく父親からのプレゼントだったのだ。

麻野は出身地や、プレゼントの際に呼び名を間違えたことなど小さな違和感から推測したという。確証はなかったようだが、小倉に聞くことで簡単に確認は取れた。

理恵は小倉が学生結婚をしたと聞いた際、相手も同じ学生だと考えた。だが実際には年上の女性だったのだ。

麻野が先入観なく推理していたのは、自分がひとまわり年上の静句《しずく》と結婚した年の差夫婦だったからなのかもしれない。

美帆が千秋に対して深く頭を下げた。

「大雨でアパートに住めなくなって、頼れる人がいなかったんです。それでパパ……、小倉さんに相談したら泊めてくれて、つい甘えてしまいました。でも非常時とはいえ、誤解を招く行動だったと反省しています」

美帆は母親と距離を置いていて、なおかつ現在の住まいも遠いという。千秋が戸惑った様子で泡の消えたビールに口をつけた。

「床上浸水なら、仕方ないけど」

千秋は突然の事態に頭の整理が追いついていないようだ。小倉から視線を向けられ、千秋が体を硬くさせる。小倉が眉間に皺《しわ》を寄せた。

「急に言われても戸惑うよな。近いうちに美帆のことは説明しようと思っていたんだが、黙っていたのは全面的に俺が悪かったと思っている。俺はいくらでも待つから、気持ちの整理がついたら話し合いをさせてほしい」

千秋はしばらく黙っていたが、顔をうつむけたまま立ち上がった。

「わかった。また連絡する」

千秋が札を数枚置き、座席から離れた。離れる背中を理恵たちは見送る。半個室に理恵と小倉、美帆が残される。美帆が不安そうに口を開いた。

「これでよかったのかな」

「待つしかないさ」

小倉は余裕の表情で肩を竦《すく》めるが、声は不安のせいか微妙に震えていた。娘の前だから、父親らしく強がっているのかもしれない。

「そうだよね。パパ……、小倉さんならきっと大丈夫だよ!」

美帆が小倉の肩を叩いてから、明るい声で店員に生ビールの大ジョッキを三つ注文した。

千秋の下す結論は想像がつかないが、良い結果になればいいと理恵は祈った。運ばれてきたジョッキを軽く触れ合わせると、白色の泡が縁からこぼれた。

上品な薄い青緑色の磁器の平皿に、鮮やかな緑色のポタージュが盛られている。表面には浮き実として茹で枝豆が浮かび、黄金《こがね》色のオリーブオイルが一回ししてある。陶製のスプーンですくって口に運ぶ。舌に冷たい感触があり、粗くミキサーにかけられているため豆の食感が残っていた。

舌の上に枝豆の青々とした甘みが広がる。豆乳のほっこりとしたコクが活き、粒胡《つぶこ》椒《しょう》の刺激がよいアクセントになっていた。そして良質なオリーブオイルの風味が全体を優しく包む。飲み込むと粗挽《あらび》きの豆の食感が喉を通り、枝豆の香りが鼻を抜ける。

「夏らしい味ですね」

シンプルな材料だが、チキンブイヨンの風味と、炒め玉ねぎの味のおかげか物足りなさは感じない。麻野が玉ねぎを薄切りにしながら口を開いた。

「大豆の生長途中である枝豆は、豆と野菜の両方の栄養を持った優れた食品です。ビタミンやミネラルはもちろん、食物繊維も豊富に含まれています。タンパク質の一種であるメチオニンは肝機能を助ける働きがあり、二日酔いを抑える効果があると言われているんですよ」

「なるほど。居酒屋で出されるのは合理的なんですね」

理恵はポタージュを口に運ぶ。昨日は少し飲み過ぎたので、二日酔いとまでは言わなくても気怠《けだる》さが残っていた。

小倉と美帆が父娘だったと告白したのは一週間前のことだ。その数日後、千秋と小倉は話し合いをしたという。その結果、二人の復縁が決まった。昨日は千秋と小倉、理恵と美帆のチーム四人による飲み会だった。

仲直りした千秋と小倉は、理恵の目にはお互い自然体でいられる良好な関係に見えた。何となくだがこのまま結婚まで向かうように感じられた。美帆も同じ印象だったのか、飲み会の最中に「二人が結婚したら、米田さんがお母さんになるんでしょうか」と冗談めかして耳打ちしてきた。

理恵がバゲットを口に運ぶと、緑色のポタージュの上に硬い部分の破片が落下した。かりかりの表面は芳《こう》ばしく、白い内側はふわりと柔らかい。

「そういえば、えんとつ軒さんの取材にオーケーが出ました。麻野さんのアドバイスのおかげです」

「それは何よりです。でも理恵さんの熱意の成果ですよ」

理恵はまず何度かえんとつ軒に通った。そして麻野の助言に従い、自らが魅力と感じた箇所を取りまとめて店主に渡した。

内装の手入れも素晴らしかったが、理恵が注目したのは食器類だった。特に昭和レトロなステンレス製の皿は年季が入っていて、使い込まれた道具だけが持つ風合いが出ていた。

素敵な食器に出会える店として紹介したい。理恵がえんとつ軒の店主に企画書を渡すと、翌日には電話が来た。『今までの仕事を評価してもらえて嬉しい』と、一度は断った店主が取材を引き受けてくれたのだ。

「ありがとうございます」

千秋たちのことに、えんとつ軒のこと。理恵は言葉に麻野へのたくさんの感謝を乗せる。麻野はくすぐったそうに笑ってから、セロリをまな板の上に置いた。

何度かえんとつ軒に通ううちに気づいたことがあった。オムライスやナポリタンなど洋食の人気メニューを楽しむなかで、ビーフシチューを食べたときにピンときた。最初にカレーを口にした瞬間、どこか懐かしい感じがした。それなのにその正体はわからないままだった。

だけどビーフシチューを味わった理恵は、スープ屋しずくの味に似ているような気がした。具体的に何が似ているか言葉にできない。それでも根っこの部分に近い印象を抱いたのだ。

今はまだ説明ができないでいる。だけど上手く言葉にできたら、麻野にも話したいと思っていた。

窓から朝の陽射しが降り注ぎ、理恵は目を細めた。野菜を切るリズミカルな音が心地良く響く。九月も終わりに差しかかっている。理恵はポタージュを口に運び、名残《なごり》の枝豆の味を楽しんだ。

第二話

奏子ちゃんは学校に行かない

1

算数のドリルを終えた鏑木奏子《かぶらぎかなこ》は、続けて理科の問題集に取りかかった。授業では教わっていないけど、教科書を一度読めば問題は解ける。教科書の書き方がわかりにくかったとしても、インターネットで調べれば要点をまとめたホームページがすぐに見つかる。

学校に行かなくても、勉強なんて自分の家でもできる。

九月も半分過ぎたけど、外はまだ夏みたいに暑い。奏子の部屋はエアコンが効いている。教室のエアコンは中途半端な涼しさだし、登校している最中は陽射しに当たる。だからいちいち学校に行くのは面倒だった。

だけど朝からずっとエアコンの効いた部屋にいたので少し寒くなってきた。座りっぱなしで身体もなまっているので、奏子は気分転換に散歩することにした。

立ち上がった拍子に理科の教科書が落ちた。開いたページに、女の子の泣き顔の落書きがあった。わからないよ～と愚痴をこぼしている。クラスメイトで理科の苦手な斉藤皐《さいとうさつき》が書いたもので、奏子は見なかったことにして教科書を閉じた。

かかとを踏み潰したスニーカーを履いて玄関を出ると、やっぱり外は夏みたいに暑かった。お母さんの子供の頃の九月は、もっと涼しかったらしい。出かけるか迷ったけど、家に篭《こ》もるのも飽きていた。平日昼間に出歩くことに最初は抵抗があった。だけど徐々に慣れてきて、今では気にしなくなった。不登校なんて最近は珍しくないはずだ。

自宅の近くを意味もなく歩く。ドラッグストアの前を通りかかり、アルミホイルを買う。予備がないと母が言っていたが、仕事で忙しいからきっと買い忘れる。それに余計にあっても困らない。

家に戻る途中、同じ学校の生徒が下校していた。水色や茶色のカラフルなランドセルが金属音を奏でている。さすがに居心地のわるさを感じ、奏子は距離を取ろうとした。すると背後から名前を呼ばれた。

「おい、鏑木だよな」

振り向くと同じクラスの男子がいた。お調子者で口がわるく、クラスの女子を何度も泣かせた前科がある。身体が大きいため威圧感があった。

「なに？」

「学校に来ないくせに、何で昼間から出歩いてるんだ」

「別に勝手でしょ」

奏子は無視をすることに決めて歩き出した。

「待てよ」

男子が追いかけてくる。振り向かないでいると、苛立った声が背後から聞こえた。

「斉藤皐を殺そうとしたっていうのは本当なのか」

反射的に足を止めてしまう。無実を主張したくなるが、この手の男子は相手にするだけ調子に乗る。振り向くのを耐えて再び歩きはじめる。

「無視するな！」

男子が大声を出し、手首をつかんでくる。力が強くて振りほどけない。握られた箇所が痛くて、奏子は男子をにらみつける。すると一人の女の子が駆け寄ってきた。

「乱暴はやめなさい」

黒色のロングヘアーが揺れ、日の光を艶やかに反射した。女の子の乱入に驚いたのか、男子が慌てた様子で奏子の腕を離した。

「乱暴なんてしてない」

奏子は女の子を知っていた。同級生の麻野露だ。真っ直ぐで力強い瞳を男子に向けると、それだけで男子は怯《ひる》んで後退《あとずさ》った。

「強く握りすぎて、手首が赤くなっている。周りに下校中の生徒が大勢いるよね。私とあなたの言い分のどちらが正しいか、目撃証言を集めてから先生に報告しようか」

奏子が見回すと、生徒たちが遠巻きに様子を窺っていた。

「馬鹿じゃねえの」

男子は頬を引きつらせ、足早に去っていく。露が振り向き、心配そうに奏子の手首を見詰めた。

「鏑木さん、手首は大丈夫？」

「平気だよ。ありがとう、麻野さん」

　痛みもないので赤みもすぐ消えるはずだ。露とは四年次に一度だけ同じクラスになった。だけど特別に親しくなかったので、互いを呼ぶときは苗字《みょうじ》だ。

　奏子は深くため息をつく。男子の姿はもう見えない。下校する生徒の集団が途切れ、周囲は静かになっていた。奏子は歩道と車道を仕切るガードパイプにお尻を載せた。

「皐ちゃんとの件、広まってる？」

　奏子が訊ねると、露は躊躇いがちに口を開いた。

「鏑木さんに不利な噂ばかりかな」

　男子の反応で予想はついたし、不登校を選んだ時点でわるく言われることは覚悟していた。だけど面と向かって突きつけられると気持ちは沈んだ。

　露が長い髪を指でかき上げて耳にかけた。

「でも私は双方の言い分を聞かないと不公平だと思う」

「私が何もしていないと信じてるってこと？」

「鏑木さんの言い分を全面的に信じるわけじゃないよ。でも今の状況だと、誰が正しいのか平等に判断できないから」

「なるほど、わかった」

露の公正な姿勢は、奏子に安心感を与えてくれた。事情を知らないのに奏子だけの味方になられても、それはそれで相手を信頼する自信がない。

露が探るような視線を奏子に向けてきた。

「だからもし良ければ、何があったのか教えてもらえるかな」

「構わないよ」

隠していることでもないし、当事者から聞きたいという露の態度を尊重したいと思った。

あれは二週間ほど前、夏休み明けすぐの出来事だった。

母親と立ち寄ったファッションビルで、奏子はネックレスを買ってもらった。紫色の石は可愛らしく、チェーンは銀色に輝いていた。アクセサリーをつけるのは校則違反なので、奏子は小袋に入れてこっそり小学校に持っていった。昼休みに友達に披露すると、みんなも気に入ってくれた。

だけどクラスメイトの皐が強く引っ張ったせいで、チェーンの金具が壊れてしまう。

皐は半泣きで謝ってきた。奏子は落ち込んだけれど、わざとではないことはわかっていた。奏子は失敗を許したものの、皐は気に病んだ様子だった。

その夜、奏子は母親と一緒にクッキーを焼いた。その途中で皐に渡すことを思いついた。同じお菓子を一緒に食べれば、気まずい空気が晴れると考えたのだ。

丸や星に型抜きしたクッキーはこんがりと焼き上がった。自分と母親の分を取り分け、数枚を透明のビニールで包装した。

翌朝登校すると、皐の表情はまだ暗かった。奏子は教室の後ろで声をかけ、クッキーを手渡した。そしてこれからも仲良くしようねと伝えた。

皐が笑顔を見せたところで先生が教室に入ってきた。お菓子の持ち込みも禁止されているから、皐は慌ててクッキーをランドセルにしまう。それからランドセルを教室の後ろにあるロッカーに入れた。

奏子たちは席に座り、その日は普段と同じように過ぎた。

異変があったのは翌日のことだ。皐が学校を休んだのだ。

朝から晴れていたが、登校の途中から空が厚い雲に覆われていった。そしてホームルームの最中に雨が降りはじめた。

皐の心配をしていると、奏子は昼休みに先生から廊下で声をかけられた。皐にクッキーを渡したか確認され、なぜばれたのかと不安を抱きながらうなずいた。

すると先生は険しい表情になった。そして皐が休んだ理由は肌に異常が起きたせいだと聞かされる。さらにその原因が、奏子の渡したクッキーにあるかもしれないというのだ。

窓の外の土砂降りが、奏子の不安を後押しする。

奏子は先生からクッキーにナッツを入れたか訊ねられた。奏子は絶対に入れていないと自信を持って断言する。皐のナッツアレルギーはクラス全員が知っていた。だから作る最中は材料を何度も確認した。先生は頷き、廊下を去っていった。奏子は誤解がとけたと思っていた。

だけど翌日、皐の母親が納得していないことがわかった。

皐の母親の砂羽《さわ》は、娘のアレルギーに常日頃から細心の注意を払っていた。そのため肌の異常の原因はクッキー以外にあり得ないと訴えたのだ。

そして皐は登校しなくなる。アレルギーの原因物質を食べさせた相手が教室にいるのが怖くて登校できないという噂が流れた。ネックレスを壊された腹いせに、奏子がナッツを混ぜたというのだ。そんなことを思いつきもしなかったのに。

娘が危険な目に遭ったのだから、母親が激怒するのは理解できた。アレルギーは一歩間違えれば死ぬ可能性もあると、授業で教わったことがある。

奏子は無実を主張した。何も入れていないのだから当然だ。状況は奏子の母親である佳代子《かよこ》にも伝わり、先生を交えての親同士の話し合いに発展した。奏子の父親は長期出張で遠方にいる。多忙なため負担はかけられない。

砂羽は奏子の謝罪を要求し、佳代子は娘の主張を信じた。双方の溝が埋まらないなか、奏子は同級生たちの視線の変化を感じ取った。

砂羽は地元出身で、社交的なためママ友が多かった。一方で奏子と佳代子は一昨年《おととし》引っ越してきた新参者だ。そのせいか地域に奏子に不利な噂が広まったのだ。

そんなある日、奏子は佳代子から「嫌なら休んでいい」と言われた。佳代子も自分たちに向けられる白い目に気づいていたらしい。陰口にうんざりしていた奏子は、佳代子の提案を受け容《い》れて登校するのを止《や》めた。

奏子が不登校になってから、今日で十日目になる。


露と奏子は住宅街の路地を歩いていた。小さな女の子が道路にチョークで落書きをしている。奏子の説明を聞いていた露が首を傾げた。

「不登校を選ぶことに抵抗はなかった?」

奏子が学校を休んだことで、後ろめたさが原因だと捉えた人は増えたはずだ。絡んできた男子も似た考えだったのだろう。だけど奏子は首を捻った。

「実はあんまり。雑音が聞こえない分、家のほうが勉強は捗《はかど》るし。今でもテストで良い点数を取れる自信があるよ」

学校は勉強をするための場所だ。でも不登校で勉強に励み、高卒認定試験を突破した人の記事をネットで読んだことがある。通信制の高校もある。能力を伸ばして結果を出せれば、どこで勉強をしても問題ないはずだ。

ただ一点だけ気になることがあった。

「皐ちゃんは元気にしてる？」

「そうだね。普通に登校しているよ」

「そっか」

不登校を選んだ理由のひとつは皐だった。皐が学校に来ない原因として、奏子が教室にいるからだという噂が流れている。

皐は優しくて可愛いから、みんなに愛されている。一方で奏子は理屈っぽくて愛想がない。奏子よりも皐がいたほうが喜ぶ人は多い。奏子が休むことで皐が登校を再開するなら、きっとそのほうが楽しい人が増えるはずだ。

だけどこの理由を敢《あ》えて口にする気はない。するとなぜか露は真っ直ぐな瞳で見詰めてきた。内面を見透かされている気がして、奏子は話題を変えることにした。

「私は学校に行かなくても困ってないんだ。ただお母さんが大変そうなのは心配かな」

佳代子は毎日仕事や家事で忙しくしている。その上、奏子の潔白を訴えるため、呼び出される度に小学校へ顔を出していた。

佳代子は内向的で口下手なので、話し合いが苦手だった。気が強く弁の立つらしい砂羽と会うと、精神的な疲労からか帰宅後に必ずぐったりしていた。

嘘でもナッツを入れたことを認めれば、佳代子の負担を軽くできるかもしれない。そんな考えが頭をよぎることもある。すると露が奏子の目を覗き込んできた。

「私と一緒に真相を突き止めない？」

「なんで麻野さんが」

無実が証明されれば嬉しいが、露が提案してくる理由がわからない。露が真剣な表情で答えた。

「冤罪《えんざい》で苦しむなんて間違っているから」

「正義感ってこと？」

疑問を口に出すと、露が気まずそうに目を逸《そ》らした。

「実は他にも調査する理由があるの。でも今は話せないんだ。ごめんなさい。だけど真実を解明したい気持ちは本当だよ」

露には説明できない動機があるらしい。単なる道徳心からの提案なら、奏子は断っていたかもしれない。だけど露にメリットがあるなら素直に受け容れられる気がした。自分の考えながら捻くれすぎている気もしたけれど。

「わかった。よろしくね、露ちゃん」

奏子が名前を呼んで手を差し出すと、露が握り返してくれた。

「うん、奏子ちゃん」

露の手のひらはひんやりとしていた。知らぬ間に太陽が沈みかけている。三匹の赤とんぼが気ままに飛び交い、遠い空に消えていった。

2

土曜の午前中、奏子と露は地下鉄の出入口で待ち合わせをした。奏子たちの住む地域は都心にあって、自宅の近くにはオフィスビルが並んでいる。

奏子は今、出張中の父の会社が用意した借り上げマンションで暮らしている。親戚の集まりで今の住まいの話題になったとき、人が住む場所があるのかと驚かれたことがある。だけどマンションはたくさん建っているし、古くから住む人も大勢いる。皐の母親は親子三代この土地で暮らしているため知り合いが多いらしい。

目的地に向かう途中、露が集めた情報を教えてくれた。

まず小学校内ではクッキーにナッツが入っていたという流れになっていた。ただし、必ずしも砂羽の言い分が正しいと思われているわけではないらしい。

「斉藤砂羽さんは声の大きい保護者として有名なんだ」

　三年生のとき、皐がクラスメイトの男子に執拗《しつよう》にからかわれた。好意ゆえの行動だと後から判明するが、男子のいたずらは日に日にエスカレートした。

　皐は担任に苦情を訴えたが、年配の担任教師は男子が気になる女子にちょっかいを出すことに寛容だった。

　そこで皐は仕方なく砂羽に相談した。親に学校の問題を相談するのは子供にとって最終手段だ。砂羽が掛け合うと男子の親にも話が伝わったが、大した問題だと考えなかった。

　そこで砂羽が激怒した。

　校長や教育委員会に乗り込んで直接苦情を訴え、大きな騒動になった。当初から非は男子にあるのだ。被害者が嫌がっているのだから、根底に好意があったからといって男子の不器用さは免罪符にならない。結局男子とその両親、担任らが謝罪をすることで決着した。

　砂羽の活躍は、男子のちょっかいを許容する風潮に反発を抱く女子児童や母親の支持を集めた。砂羽は学校側にがつんと物申せる保護者として一目置かれるようになったのだ。他の保護者から相談を受けるようになり、学校側に意見を伝えるときに付き添うこともあるらしい。

ただ砂羽は合理的な主張は強く訴えるが、理不尽な要求まではしないと評価されていた。だけど愛娘《まなむすめ》である皐が関わると少々歯止めがきかなくなるらしい。

たとえば砂羽は現在、学校給食からの添加物の排除と、野菜と果物《くだもの》の完全無農薬化の活動を推進していた。学校側は予算の都合で難しいものの、食の安全に関しては可能な限り配慮すると回答している。だが砂羽は何度も掛け合っているのだそうだ。それも全て皐を想っての行動なのだろう。

砂羽は皐の身体を気遣い、食品にこだわっていた。給食を避けるという行動までには至っていないが、娘には極力安全で安心な食品を与えるよう心を砕いていた。

奏子はふと思い立ち、バッグからスマホを取り出した。そして斉藤砂羽と検索する。出てきたSNSを開くと、たくさんの写真が投稿されていた。

「皐ちゃんのお母さんはハイキングの最中らしいよ。弟切草《おとぎりそう》がまだ咲いているって五分前に記事を投稿している」

スマホに砂羽が撮影した黄色い花が表示される。小さい花は可憐《かれん》で、咲いてから時間が経っているのか花弁が萎《しお》れて力がない様子だった。砂羽は以前も何度か弟切草と山中で出会ったとSNSに書いていた。

奏子は砂羽と会ったことがない。佳代子を疲れ果てさせる砂羽は、奏子にとって恐ろしい存在だ。だけど皐を大切に想う気持ちの裏返しだと考えると、砂羽を憎む気にはなれなかった。

目的地であるビルに到着する。クラスメイトの松田葉南《まつだはな》は、このビルに入っている学習塾に通っていた。一学期に本人から聞いたので間違いない。露は調査の最中、生徒間で広まる噂を突き止めた。その噂に葉南が関わっているようなのだ。

昼休憩のためかビルの隣のコンビニに大勢たむろしている。葉南とは事前に約束を済ませているそうだ。建物の前で待っていると、コンビニから葉南が出てきた。手に茶色のレジ袋を提げている。

「露ちゃん、話って何？　昼休みも自習したいんだけど」

葉南は普段通りヘアゴムで二つのおさげを作り、印象的な厚い唇を曲げている。

「えっ、何で奏子ちゃんがいるの？」

葉南が奏子の姿に目を丸くした。露は奏子が来ることを伝えていなかったらしい。奏子が一歩前に出ると、葉南が狼狽《うろた》えた様子で後退った。

「クッキーが星形で、ナッツが入っているのを誰かが目撃したという噂が流れているの。葉南ちゃんは私が皐ちゃんに渡したときそばにいたよね」

葉南が青ざめる。ナッツを混入した覚えはないが、星形があったのは事実だ。

教室でクッキーを渡した際、近くで葉南が見ていた。「美味しそうだね」と言い、クッキーに顔も近づけた。包みは透明だから星形なのは一目瞭然だ。

直後に先生が教室に来て、皐はクッキーをランドセルに入れた。没収の可能性もあるから、皐が不用意に見せびらかしたとも思えない。発信源が皐なら本人の話として伝わるはずだ。星形があると知っている可能性が最も高いのは葉南なのだ。

「噂なんて知らない。用事は終わりだよね」

葉南が早口で告げ、建物内に走り去った。昼休憩が終わるのか小学生たちが吸い込まれるようにビルに入る。奏子たちは塾から離れ、ビルの狭間の日陰に移動した。露が塾のある方角に顔を向ける。

「葉南ちゃんは嘘をついているよ」

「どうしてそう思うの？」

物言いに確信が込められている気がした。すると露は気まずい表情を浮かべた。

「昔から他人のマイナスの感情が何となくわかるんだ。急にこんなことを言われても信じられないと思うけど」

「さっきの葉南ちゃんは私も怪しいと思ったよ」

露の言うことが事実かわからない。だけど先ほどの態度は明らかに不審だった。勝ち気な葉南が、去り際に怯《おび》えの表情を浮かべていたのだ。

葉南の行動を思い返した奏子は、あることに思い当たった。

「あの日はお弁当の日だったよね。私は別グループだったけど、皐ちゃんと葉南ちゃんは一緒に食べていたはずだよ」

奏子の小学校では月に一度、お弁当を持参して教室で食べる日がある。奏子がクッキーを渡した日の昼もお弁当だった。

グループにいた渡邉舞《わたなべまい》という女の子はＳＮＳが好きだったはずだ。スマホで検索し、舞のアカウントを発見する。年齢制限があるから本来なら使用禁止だけど、親に頼んだり年齢を偽るなどして登録する子は少なくない。舞のアカウントは鍵がかかっていたが、友達申請を済ませている露は閲覧できるようだ。

写真撮影が趣味なのか、毎日たくさんの投稿をしている。自撮り写真は知っている顔より目が大きく、肌が白くて別人みたいだ。文章は記述が詳細で、絵文字がにぎやかだ。これだけ投稿があれば、お弁当の日の記録もあるかもしれない。露がスマホを覗き込みながら言った。

「実はお父さんがやっているお店がここから近いんだ。お腹《なか》も空いてきたし、ゆっくり座って調べよう」

露の父親は飲食店を経営していて、土曜の昼過ぎは比較的店が空いているという。席が埋まっている場合でも、お店のすぐ上が自宅らしかった。奏子も空腹だったので、露の誘いを受けることにした。

高いビルに挟まれて、日陰が続く路地があった。人通りは全然なくて、狭そうに走るトラックを道の端で避ける。真新しいビルの間に、四階建ての古びたビルがあった。建物の一階部分の壁が煉瓦みたいで、店先に鉢植えの植物が茂っていた。

「ここがお父さんのお店だよ」

木製の看板にスープ屋しずくと書かれている。ドアを開けると甲高《かんだか》いベルの音が鳴り、奏子は露に続いて店に足を踏み入れた。

「いらっしゃい。あれ、露ちゃんか」

金髪に近い茶髪を逆立てた大柄の男性が出迎えてくれる。肌は日に焼けた小麦色だ。白色のシャツに黒色のパンツ、そして紺色のエプロンというシンプルな服装だった。

「今日はお友達を連れてきたよ」

「いらっしゃい。はじめまして、美人さんだね。ゆっくりしていってよ」

店員さんが白い歯を見せて微笑む。初対面の大人から美人と言われて、奏子はびっくりしてしまう。初対面で申し訳ないが、奏子は喋《しゃべ》り方や外見から遊び人だと結論づけた。まさか露の父親なのだろうかと不安を抱く。

遊び人にテーブル席まで案内される。友達の親が営むお店を訪れる経験は初めてで、落ち着かなくて店内を観察してしまう。客は他にカウンターの二人組だけだ。白色の壁は清潔感があり、椅子やテーブルなどの調度品は木の優しさが活きていた。穏やかな電球色の照明が店内を照らしている。

メニューにはミネストローネやクリームシチューなど見知ったスープが並んでいる。セットでパンやサラダなどがつけられるらしい。友達と出かけると母に伝えたら、感激されてお小遣いを多めに渡してくれた。だからランチ代の持ち合わせはある。

遊び人が水とおしぼりを運んでくる。よく見ると胸元に慎哉と書かれたプレートがついていた。慎哉が軽い調子で話しかけてくる。

「今日のおすすめはコンポタかな。旬も終わるから今のうちに食べたほうがいいぜ」

「それじゃコーンポタージュのセットにするね。奏子ちゃんはどうする？」

「私も同じにするね」

「オーケー。コンポタ二つオーダー入りました！　それと暁《あきら》、露ちゃんがお友達とご来店だぞ」

慎哉が店の奥に呼びかけると同時に、カウンターの客が立ち上がった。慎哉が軽やかにレジに向かい、顔見知りなのか客と軽口を交わしながら会計をしている。

カウンターの奥から慎哉と同じ服装の男性が顔を出した。

「おかえりなさい。お友達もいっしょなんだね」

すらっとした細身の長身で、さらさらとした黒髪の質感が露そっくりだ。顔は露とあまり似ていないが、ふんわりとした神秘的な雰囲気が露に近い気がした。

「お父さんのスープを食べてもらおうと思ったんだ」

露の父親はこちらだったようだ。慎哉じゃなくてよかったと失礼ながら安心する。近づいてきた露の父親に奏子は頭を下げた。

「お邪魔しています。鏑木奏子です」

「はじめまして、露の父親の麻野暁です」

麻野が穏やかな笑みを浮かべ、カウンターの奥に戻る。そして再びトレイを手に出てきてカウンターに置いた。慎哉がトレイを引き継いでから奏子たちの席に運んだ。

「コーンポタージュのランチセットです。パンのお替わりは遠慮なく言ってね」

料理を置き、慎哉はカウンターの向こうに歩いていった。

柔らかな白色をした陶器の深皿に、綺麗な黄色のポタージュがたっぷり注《は》がれている。ひとまわしされた生クリームの濃い白色と、散らされたパセリの緑色が映える。顔を近づけると、とうもろこしが強く香った。

奏子は木製の匙を手に取り、ポタージュをすくって口に運ぶ。

舌触りが驚くほどに滑らかだ。とうもころしの味がぎゅっと詰まっていて、ミルクの甘い香りも感じられる。大きな粒も具として入っていて噛むとエキスが弾けた。

「とんでもなく美味しい」

感想を告げると、露が口元を綻ばせた。奏子は次にガラスの器に盛られたサラダをフォークで口に運ぶ。緑の色の濃い葉野菜は見覚えがなくて、噛みしめるとしゃきしゃきしていた。ぴりっとした辛みとごまみたいな風味を感じる。味付けは塩と少しの油だけみたいで、振りかけられた粉チーズが野菜の青臭さを消してくれていた。

「このサラダも美味しいね。なんて野菜なんだろう」

「ルッコラだよ。食べやすくて私も好きなんだ」

露もルッコラのサラダを美味しそうに口に運ぶ。

パンはふわふわで、表面がこんがりといい焼き色がついている。千切って食べると小麦の香りが鼻に抜け、ポタージュを飲みたい気持ちにさせてくれる。

カウンターの向こうで皿を洗っていた慎哉が白い歯を見せて笑った。

「うちの料理は最高だろ。そうだ。おい、暁。せっかくだから試作品も出してやれよ」

慎哉の呼びかけに、姿の見えない麻野が返事をする。

「でもあれは味見のために作っただけで」

「大丈夫だ。試食した俺が保証する」

「本当に慎哉くんは強引だなあ」

あきれ声の後、薄緑色の器を二つ持った麻野が顔を出す。そして奏子たちの席に近づき、優しいふくらみのある小鉢をテーブルに置いた。

「試作品だけど、こちらもどうぞ」

小鉢にはコーンポタージュが注がれている。なぜ同じ料理を出したのか疑問に感じていると、麻野が説明をしてくれた。

「同じに見えるけど、違う品種のとうもろこしを使ったんだ」

「へえ、そうなんですか」

奏子はあらためて目を向けるが、わずかに色が淡い程度の差しかわからない。

「いただきます」

添えられた木の小匙でポタージュを口に運ぶ。そして舌の上で転がすようにして味わうと、麻野がポタージュを出した理由がわかった。

「味が全然違う！」

最初のポタージュはとうもろこしの甘みが強くて香りも濃厚だった。だけど二つ目は風味が爽やかで、甘みもすっきりしている。見た目はそっくりなのに別物だった。

「とうもろこし以外の素材は基本的に同じだよ」

「信じられない」

奏子が一つ目のポタージュを食べると、違いがより鮮明に感じられた。露も驚きの表情で食べ比べている。すると麻野が嬉しそうに説明を続けた。

「実は二つ目のとうもろこしは、初夏に収穫した直後に急速冷凍したものなんだ。国内の旬は終わるから、冬用のとうもろこしを探していてね。それで業者さんから見本をもらって試しに作ってみたんだ」

「冷凍食品だなんて全然わかりませんでした」

　自宅でもよく使うけれど、生の食材より劣る印象しかなかった。

「最近は技術も向上しているからね。それにハウス栽培より、旬に収穫された野菜のほうが栄養価が高い。だから冷凍野菜のほうが栄養たっぷりなことがあるんだよ。じゃあ、ゆっくり食べていってね」

　麻野が水差しからコップに水を注ぎ、店内奥へと消えていった。

　奏子はポタージュを飲み込んでから露に笑いかける。

「お店も料理もお父さんも、すっごく素敵だね。今度お母さんを連れてくるよ。最近残業続きだから、しばらく先になるかもしれないけど」

　佳代子は会社の人手が足りず、人員が補充されるまで忙しい日が続くらしい。

「それなら朝はどうかな」

「朝もやってるの？」

　奏子が驚くと、露がうなずいた。露の説明によると、スープ屋しずくは朝早くにも営業をしているらしい。日替わりのスープ一種類しかメニューはないけれど、出勤前の働く大人たちに好評らしかった。

「それなら大丈夫かも」

佳代子は朝に食事を摂らないことが多い。だけど麻野の作るスープなら、気怠い朝でも無理なく食べられそうな気がした。

味わって食べていたのに、奏子はあっという間にランチを平らげてしまった。

食後のドリンクはオレンジジュースで、甘みと酸味が強かった。奏子はストローで飲みながら、舞のSNSを調べていく。するとお弁当の日に関する記事が発見できた。

舞は皐のお弁当を画像付きで絶賛していた。お弁当は砂羽の手作りで、無農薬野菜や野山で取れた山菜、家庭菜園のハーブなどがふんだんに使われていたらしい。

写真を見ると、おかずは肉団子と玉子焼き、ほうれん草の和《あ》え物、ミニトマトなどだ。主食は俵型のおむすびで、混ぜご飯になっていた。どの品も見た目が既製品みたいに整っている。

お弁当の日の写真は明らかに枚数が多かった。小学校へのスマホの持ち込みは禁止されているし、使用が発覚すれば没収されてしまう。スマホをこっそり持ってくる生徒は珍しくないけど、こんなにたくさんの写真があるのは不思議だった。

そこで奏子はお弁当の時間がはじまってすぐ、先生が席を外していたことを思い出す。急用だったのか他の先生と廊下で話し込んでいたのだ。舞はその隙に何枚も撮影したのだろう。毎日記事を投稿しているから、チャンスがあれば写真を撮らずにいられないのかもしれない。

舞は『手作りが羨ましい』『うちの親は手抜きばっかり』と皐の弁当を褒めた。それに対して皐は『出来合いでも作ってくれればありがたいと思うよ』と返事をしたらしい。困ったような表情で、お弁当の作り手に配慮する皐が思い浮かぶ。相変わらず皐はいい子だと思った。

「他の子のお弁当も写っているね」

露がスマホの画面を見ながらつぶやいた。

記事の画像には他の面々のお弁当も写っている。舞はサンドイッチで、葉南は肉団子とゆで卵、煮物にご飯だ。皐の弁当と中身は共通していたが品数は少なめで、彩りは地味な印象だった。

「舞ちゃんに直接聞いてみようか」

露は去年同じクラスで親しかったらしい。メッセージを送るとすぐに返事が来て、露はしばらくやりとりを交わしていた。そしてお弁当を食べたときの状況を詳しく聞くことができた。

すると投稿では触れられていなかった事実が判明した。食事の時間がはじまった直後、皐が箸を落としていたのだ。洗うために席を立ち、洗い場に向かっている。そして同じタイミングで舞もランドセルまで水筒を取りに行っていた。

舞から聞いた情報を奏子に説明している最中、露が突然息を呑《の》んだ。

「そうか、コーンポタージュと一緒だったんだ」

「コンポタ?」

露は画像にある証拠を指差した。奏子も真実に気づき、勢いよくオレンジジュースを飲み干す。席を立って会計をしようとしたが、慎哉と麻野は受け取ってくれなかった。奏子と露は感謝を告げてから店を出て、塾へと急いで引き返した。

塾のあるビルの前で待っていると、小学生が大勢出てきた。授業から解放されて明るい表情の子もいれば、疲れ顔で俯《うつむ》いている子もいた。

待っていると葉南が正面玄関から姿を現した。奏子たちを見た途端、顔に恐怖が浮かぶ。葉南は目を逸らし、奏子たちの脇をすり抜けようとした。

「肉団子について話がしたいの」

露が告げると、葉南が足を止めた。表情は強張ったままだ。手招きするままについてきて、奏子たちは近くの公園に到着する。遊具は一つもなく、ベンチと生け垣があるだけだ。葉南は公園までの道のりで一言も喋らなかった。

公園で立ち止まり、露がバッグからスマホを取り出す。露がスマホを掲げて言葉を発する直前、葉南が弱々しい声で言った。

「ごめんなさい」

画面を見た瞬間にあきらめたようだ。それとも歩きながら覚悟を決めていたのかもしれない。

観念した葉南は、お弁当を食べる直前、肉団子をすり替えたことを素直に認めた。

3

公園の隅のベンチに白髪のおばあさんが座り、鳩《はと》に餌を撒《ま》いていた。十羽くらいの鳩が首を動かし、地面をつついている。

葉南は半泣きで自分のしたことを教えてくれた。

証拠はSNSにアップロードされていた二枚の画像だ。食事開始の直後と最中の皐の弁当の画像で、見比べると肉団子の大きさや色合いが異なっているのだ。

お弁当の時間がはじまった直後、皐は箸を洗うため教室を離れた。続けてもう一人も席を立ったことで葉南が一人になる時間が生まれた。葉南はその隙《すき》に葉南と自分のお弁当に入っていた肉団子をすり替えた。二つとも綺麗な丸形で、シンプルな塩味だった。注意しないと区別は難しい。

奏子が動機を訊ねると、葉南は唇を噛んだ。

食事がはじまる前、皐の弁当の凝った品々が羨ましいという話題になった。そこで皐は謙遜《けんそん》し、手作りも出来合いも有り難みは同じと答えたという。

「私のお母さんは料理が苦手で、お弁当は毎回冷凍食品ばかりなの。それで皐ちゃんの言葉を聞いたら、なぜかすごくみじめな気持ちになったんだ」

葉南は以前からお手製のお弁当に強く憧れ、皐のことも羨ましく思っていた。それなのに皐は変わらないと発言した。皐は既製品でも用意してくれる人に配慮をしたのだろう。だけど葉南の心の柔らかい部分を刺激してしまったのだ。

「そこで私は肉団子の見た目がそっくりだと気づいた。とっさに入れ替えて、皐ちゃんの反応を見ようと思ったの。そしたら皐ちゃんは食べても全然気づかなかったんだ」

憧れのお弁当も冷凍食品も変わらないのかもしれない。そう考えた葉南は、自分の行動を虚《むな》しく思ったという。だけどすり替えたことが後ろめたくて、皐には言い出せなかったそうだ。

露はＳＮＳの画像を見比べて、肉団子の色合いや大きさの違いを発見した。奏子は露の洞察力に驚いたが、露はコーンポタージュのおかげだと説明した。見た目は同じだけど中身が異なるスープを食べたことで、外見は近いけど違う料理があることを見抜くきっかけになったというのだ。

お弁当の日の翌日、葉南は皐がアレルギー反応で欠席したと聞いて青ざめる。アレルギーの原因物質はどこに混入しているかわからない。だから自分が肉団子をすり替えたせいかもしれないと心配したのだ。

だが直後に奏子のクッキーが原因という噂が流れた。

するとクラスメイトから、クッキーにナッツが入っていたかを聞かれたという。奏子が皐に渡す際に、葉南がそばにいたことを覚えていた生徒がいたのだ。

葉南はクッキーが星形だったとしか覚えていなかった。だけど葉南は自分のせいという不安を抱いていた。そのため反射的にナッツが入っていたかもしれないと曖昧に答えた。そして噂に尾鰭《おひれ》がつき、ナッツ混入は確定事項として広まっていった。

葉南が目に涙を浮かべ、深く頭を下げた。

「噂の広まり方に驚いたけど、訂正もできなかった。嘘をついて本当にごめんなさい」

誤情報が拡散したら、発信源でも収拾がつかなくなるのだろう。そんな状況を奏子はインターネット上でたくさん見たことがあった。

「わかった。私は葉南ちゃんを許すよ」

「本当に……？」

葉南が不安げに顔を上げる。

「本当に悪かったたって、反省していると思ったから」

目に浮かべた涙や震える声は演技ではないと感じた。罪の自白は勇気が必要だったはずだ。面と向かって頭を下げられ、奏子は葉南を許そうという気持ちになった。

「……ありがとう」

葉南が声を上げて泣きはじめる。露が背中を撫《な》で、奏子は無言で見守る。しばらくして泣き止んだ葉南に露が優しい声音で言った。

「遅発型のアレルギーなら、時間が経ってから反応が起こることもある。だけど皐ちゃんのナッツアレルギーは即時型だから、摂取してすぐ発症するはずだよ。それと葉南ちゃんのお弁当に入っていた冷凍食品の肉団子のメーカーはわかる？」

「ちょっと待って」

葉南が袖口で涙を拭い、スマホを操作しはじめる。メーカーは覚えていないらしいので、画像検索してパッケージを眺める。すると葉南はある業務用肉団子に見覚えがあると言い出した。

メーカーの公式サイトに飛び、商品の情報を確認する。葉南の弁当の肉団子にはナッツ類は使用されていないことが判明した。念のため葉南のお弁当に入っていた他の冷凍食品も確認するが、どれもナッツ類は使われていなかった。

「肉団子の入れ替えは原因じゃない可能性が高いね」

露の結論に葉南が安堵のため息をついた。葉南は何度も謝罪を繰り返し、帰宅するため公園を去っていった。奏子と露は空いたベンチに腰かける。公園の樹木は葉の緑色がくすんでいて、傾いた太陽は高いビルに隠れていた。

「結局原因はわからないままか」

「一から調査し直しだね」

次の作戦を思いついたら報告する。そう確認し、奏子と露は解散した。

自宅マンションに戻る途中、佳代子から残業するという連絡が入った。奏子はプラスチック容器に小分けしたカット野菜を豚肉と一緒に煮て、具だくさんの豚汁を作った。佳代子が朝に炊飯器をセットしてくれたおかげで、スイッチ一つでごはんが炊きあがる。忙しいのに仕込みを済ませてくれる佳代子に奏子はいつも感謝していた。

食事を終えて勉強机に向かうと、葉南からスマホにメッセージが届いた。

葉南が明日の夕方、皐に直接肉団子のすり替えを謝罪するらしい。アレルギー反応の原因ではないが、葉南の気が済まないのだろう。

葉南は謝罪の場に奏子も来てほしいとメッセージに書いていた。話し合いの場を設けたいらしい。だが皐は以前、奏子に会いたくなくて学校を休んだのだ。無謀だと思ったが、意外にも皐は了承したらしい。

アレルギー反応で欠席して以降、皐とは一度も会っていない。奏子は露に連絡して相談する。露は賛成し、同席すると言ってくれた。しかも話し合いの場として休日のスープ屋しずくを提供してくれるらしい。

『私がこの件を調べる理由も明日教えるよ』

露はメッセージの末尾にそう付け加えた。奏子はスマホを充電器に繋ぎ、ベッドに横たわる。いつもの天井と蛍光灯を見詰める。深呼吸をしても、胸の奥に緊張が居座っていた。


昨日来たばかりのスープ屋しずくの前で、奏子は乱れた呼吸を整える。集合時間は午後二時なのに、スマホを忘れて引き返したせいで十分の遅刻だった。ドアには昨日と違ってCLOSEDと書かれたプレートが提《さ》げられている。

鍵は開いていて、ドアを押すと全員が揃っていた。

「遅れてごめん」

「気にしてないよ」

葉南が立ち上がって手招きする。テーブルには皐と露が隣り合っている。奏子は皐の正面に座る葉南の隣に腰かけた。奏子の席にはオレンジジュースが置いてあり、コップの表面に水滴が浮いていた。

「次は二人が話し合う番だよ」

葉南が奏子たちに言い、目の前の紅茶に口をつけた。ちょうど葉南が謝罪し、許しを得たところらしい。奏子が目を向けると、皐は緊張の面持ちだった。おそらく奏子も似たような顔なのだろう。

葉南の善意で対面したけれど、何を話せばいいかわからない。皐と会うのは二週間ぶりだ。相変わらず華奢《きゃしゃ》で、二学年は年下に見える。おかっぱに近い髪型は母親が切っているらしい。

言葉を探していると、露がコーヒーを飲んでから小さく手を上げた。

「まずは奏子ちゃんに話があるの。実は今回の件について一緒に調べたのは、皐ちゃんに依頼されていたからなんだ」

「そうなの？」

意外な告白に奏子は皐を見遣る。すると皐はアップルジュースを飲んでから、気まずそうに頷いた。皐は胸に手を当てて大きく息を吸い、露に調査を頼んだ経緯を話してくれた。

「私は元々、奏子ちゃんが犯人だなんて思っていないの」

皐の鼻声を懐かしく感じる。皐は肌の異常の原因が、クッキーだと考えていなかったという。

「スライスやクラッシュなら食感でわかるから、それは絶対に入っていなかった。でもアーモンドパウダーが生地に混ざっていたら私には区別する自信がない。だからお母さんに奏子ちゃんの無実を訴えても信じてもらえなかったの」

頭に血が上った砂羽は、奏子が原因だと決めつけているらしい。

「奏子ちゃんが腹いせをするなんて考えられない。学校も休みたくなかったのに、お母さんは奏子ちゃんがいる教室に登校するのを許してくれなかった」

登校をやめさせていたのは砂羽だったのだ。皐は奏子と会いたくないと思っていなかった。その事実に奏子は気持ちが軽くなるのを感じた。

そのうち奏子が不登校を選び、皐は再び学校に通いはじめた。自分のせいで奏子が来なくなったことに心を痛めた。さらに奏子の仕業という噂まで流れはじめた。

思い悩んだ皐は露に相談した。露が以前、『睡眠不足と幽霊事件』や『調理実習のスープ事件』を解決したことを覚えていたのだ。その事件の噂は奏子も耳にしたことがある。

皐の頼みを引き受けて、露は奏子に近づいた。そこで同級生の男子に絡まれる現場に遭遇して助けに入ったのだ。

皐は涙声で、何度も鼻をすっていた。慢性的な鼻炎のせいで鼻を鳴らす癖があるのだ。顔を伏せる皐の肩に露が手のひらを載せた。

「調べるに当たって、皐ちゃんから自分の存在は秘密にしてほしいと頼まれたの。今回の件で奏子ちゃんに嫌われて、拒否されると思っていたみたい」

だが露は奏子との交流で、皐を嫌っていないと感じた。そこで葉南の提案で顔合わせが実現するのを機に、調査の経緯を明かすことに決めたのだそうだ。

露は皐のアレルギーが遅発型ではなく即時型だと知っていた。あれは本人から聞いていたのだろう。

皐が潤んだ瞳を奏子に向けた。

「ごめんなさい。お母さんのせいで学校に来られなくなったんだよね」

「それは全然気にしてないよ。別に学校に通う必要性は感じてないし」

「へっ？」

皐が目を丸くして固まる。皐にとって学校は通って当然の場所なのだろう。露が咳払いをして、皐と奏子へ交互に視線を配った。

「真実を知りたいのは二人とも同じだよね。だから今後は協力して話し合おうよ」

露に促され、奏子と皐は握手を交わした。葉南も手助けを申し出てくれた。それから皐はクッキーを受け取った日以降の出来事を説明してくれた。

奏子からクッキーを受け取った皐は、ランドセルにしまったまま校内では一度も出さなかった。家で取り出しても、誰かが触れた形跡はなかったはずだという。

奏子は包装ビニールをホチキスで封をして、芯を隠すようにシールを貼った。ビニールは薄手なので、仮にシールを剝がして芯を外せば破れるなど痕跡は残るはずだ。

砂羽は自らがチェックしていない食べ物を皐が食べることを嫌がる。皐は没収されるのを恐れ、部屋で隠れてクッキーを食べようと考えていた。だが帰宅すると砂羽は焼き菓子とハーブティーを用意していた。素材を厳選し、ナッツ類を除去したマドレーヌとお手製のブレンドティーだったという。

食が細い皐は両方食べると夕飯が入らなくなると考えた。そこで奏子のクッキーは翌朝食べることに決めた。

皐は翌朝、起き抜けにクッキーを食べた。さくさくした食感の素朴な味に満足したらしい。朝食は控えめにして、着替えてから学校に向かうため玄関を出た。

その日は陽射しが真夏のように強く、皐は水筒を忘れたことに気づいた。砂羽はいつも娘のために暑さ対策や安眠、免疫向上など様々なハーブをブレンドしてくれるらしかった。

「ちょっといいかな」

麻野の声が話を遮る。気づかなかったが、今まで店内奥の厨房にいたらしい。トレイを手にテーブルに近づき、透明なガラス容器に入ったスープを人数分置いた。

「葡萄《ぶどう》の冷製スープだよ。よかったらどうぞ。ナッツは入っていないから安心してね」

「わあ、綺麗。ありがとうございます」

葉南が感嘆の声を上げ、露や皐もスープの彩りに目を奪われている。濃い紫色のスープに大きな葡萄の実が浮かび、表面にはミントの葉が散らされていた。細かいカットの入ったガラス容器が照明を受け、紫色を透過して乱反射している。

「いただきます」

冷たい果実のスープは初体験だ。ジュースと何が違うのだろう。

持ち手がシリコンの金属製のスプーンですくい、葡萄の粒と一緒に口に運ぶ。すると葡萄の甘みと一緒に、複雑な香りが一気に広がった。初めての体験に全員が目を丸くしている。すると露が代表して麻野に訊ねた。

「お父さん、これはどういう味つけなの？」

「無農薬の葡萄の皮と蜂蜜、水、レモンを煮詰めて、実と合わせてからローズマリーやセージ、ミントなどのフレッシュハーブをたっぷり漬け込んで冷やしたんだ。サングリアというハーブやフルーツを漬けたワインの、アルコールなしバージョンというイメージかな」

「この色は葡萄の皮なんですね」

奏子が驚いていると、麻野がにこにこと笑った。

「葡萄の皮にはアントシアニンというポリフェノールが含まれているんだ。血液さらさら効果や目の疲れに効くと言われているんだよ」

「へえ、そうなんですね」

葉南のスプーンを動かす手が早まる。塾に通う葉南は目に疲労が溜まっているのかもしれない。

味と香りは葡萄ジュースに似ているけれど、複雑なハーブが織り成す香りが全然別の印象にしている。大粒の葡萄の実は弾力があって食べ応えがある。甘さは控えめだけれど、蜂蜜の風味が味の決め手なのか物足りなさは感じない。

皐がスープを飲んでから、ほっ、と可愛らしい息をついた。

「私のお母さんもハーブが好きだから、今度真似してもらおうかな」

「良かったらレシピを書いて渡すよ。家にはたくさんハーブがあるのかな」

「種類はよくわからないけど、いっぱい並んでいます。痒《かゆ》みに効いたりとか気持ちが落ち着いたりとか、色々な効果があるみたいです。お母さんはたまにハイキングで自然のハーブを摘んだりもするんですよ」

皐が砂羽について語る表情は楽しそうだった。過保護な面に困ってもいたが、母親が好きな気持ちは変わらないのだろう。

するとほんの一瞬、麻野の表情が変化した。皐も葉南も気づいていないが、露は察知したらしく不思議そうにしている。麻野はすぐに元の微笑に戻る。それから奥の厨房には戻らず、カウンターで皿の乾拭きをはじめた。

麻野の位置だと会話を聞かれてしまう。先程まで席を外していたのに、奏子は麻野の行動の変化に居心地のわるさを覚える。だけど葉南と皐は気にせず話を続けた。

「朝に家を出てからはどうなったの？」

「自宅を出て五分後くらいしたら、急に肌が赤く腫れはじめたんだ。慌てて家に帰ったときにはすごく痛くなっていた。それからお母さんの車で病院に向かったの」

アレルギー専門医の病院に向かう途中、雨が降りはじめた。急に暗くなった空に皐は不安を抱いたという。

ガラスに雨粒が弾けるのを眺めているうちに、皐は病院に到着した。

診断を受けた時点で腫れは治まりつつあった。医者は皮膚を見て、アレルギー反応が出たのだろうと判断したという。皐が誤ってナッツを口にして、病院に運ばれた経験は何度もあったらしい。

医師からの質問に、皐は正直に食べたものを伝えた。そこで砂羽は皐が友人の作ったクッキーを口に入れたことを知る。その後はいつも通りの薬を処方され、土砂降りの道路を母の運転する車で帰宅したそうだ。

「ちょっといいかな」

皿を拭いていた麻野が、いつの間にか席に近づいていた。声をかけられたのは皐で、戸惑いの表情で麻野を見上げている。

「えっと、何でしょうか」

「勝手に話を聞いてしまって申し訳ないのだけど、先ほど話していた、気持ちが落ち着くハーブがどんな味だったか教えてもらえるかな」

「味ですか？」

麻野の眼差しは真剣だった。露は父親の謎の行動を見守っている。顔立ちはそれほど似ていないのに表情がそっくりだった。皐が申し訳なさそうに首を縮める。

「ごめんなさい。わかりません。実はそんなに味に敏感じゃないんです。苦いのとか甘いのは区別がつくけど、ハーブの違いは全然なんです」

麻野が表情を緩める。

「謝る必要はないよ。鼻詰まりの状態だと細かな香りが判別できなくて、味がわかりにくくなるから」

皐は母親手作りの肉団子と既製品の味の区別がつかなかった。冷凍食品の品質が高かった可能性もあるが、鼻炎による鼻詰まりの可能性もあるのかもしれない。

麻野がエプロンのポケットからスマホを取り出した。ディスプレイを指で操作し、一枚の画像を皐に見せた。

「この植物のハーブティーが自宅にあるか、帰ったら確認してもらえるかな。画像は露を経由して、君のスマホに送信してもらうから」

「この黄色い花はなんでしょう」

皐が首を傾げ、露がスマホを覗き込む。

「弟切草だよね。皐ちゃんのお母さんが、SNSに写真をアップしていたよ」

奏子も画面を見ると、覚えのある植物が表示されていた。露の言葉に麻野が顔をしかめる。それから麻野がスマホをテーブルに置き、深刻な声で言った。

「お母さんがこの花をハーブとして使ったか確認してもらえるかな。もし家にあるなら、君はもう飲まないほうがいいかもしれない」

画面に映る黄色い花は小さく可憐だ。だけど麻野が花の説明をした途端、黄色い花弁や長く伸びた雌しべと雄しべが、ひどく不吉なものに感じられた。

4

早朝の空気は過ごしやすく穏やかだった。九月も後半に差しかかり、半袖だと肌寒く感じる。ビルの間の路地の先にスープ屋しずくの明かりが見える。店先に並ぶハーブの鉢植えに顔を近づけ、母の佳代子が笑みを浮かべた。

「素敵な店だね」

現在朝の七時だけど、昨日早く寝たので目は冴えていた。奏子より佳代子のほうがあくびをしている。ドアを押すとからんころんとベルが鳴った。店内に足を踏み入れると芳ばしい香りでいっぱいだった。

「おはようございます、いらっしゃいませ」

「おはようございます」

麻野の挨拶に奏子がお辞儀を返す。すると佳代子が隣で丁寧に頭を下げた。

「奏子の母の佳代子です。営業中に失礼かと思いますが、ご挨拶に伺いました。麻野さんが解決に導いたと聞きました。心から感謝を申し上げます」

「こちらこそ朝早くにご足労いただき申し訳ありません」

皐と奏子の問題は解決した。麻野の助言のおかげだと奏子が伝えると、佳代子が麻野に御礼をしたいと希望した。

奏子は露に相談した。するとディナータイムもランチタイムも忙しいが、朝の営業時間ならゆっくり話せると教えてくれた。そこで佳代子と奏子で朝営業に訪れることになったのだ。

麻野に案内され、テーブル席につく。すると麻野が丁寧な口調で説明をはじめた。

「朝営業はメニューが一種類だけで、パンとドリンクがセルフサービスです。本日はトスカーナ地方に伝わる、白インゲン豆を使ったリボリータと呼ばれる煮込み料理ですがよろしいでしょうか」

「美味しそうですね。奏子もいい？」

「どんな味か想像つかないけど食べてみたい」

奏子が頷くと、麻野が微笑を浮かべてお辞儀をした。

「かしこまりました。食べ応えがあるので、パンは控えめにご用意したほうがよいかもしれません」

麻野がカウンター奥の厨房へと姿を消す。佳代子と奏子は立ち上がり、パンとドリンクのスペースに向かう。かごにはこんがりと焼き上がったパンが盛られ、コーヒーやオレンジジュースなどが揃っている。

フランスパンや丸パンなど目移りするが、麻野の助言通り控えめに選んで戻る。すると厨房に続く出入口の近くにある引き戸が開いた。露が店内を見回し、奏子に気づくとテーブル席まで近づいてきた。

「奏子ちゃん、おはよう」

「おはよう。お邪魔してるよ」

露が席の手前で足を止め、佳代子に会釈をした。

「おはようございます。スープ屋しずく店主の娘の麻野露です」

露の礼儀正しさに佳代子が口元を綻ばせた。

「奏子の母です。娘がいつもお世話になっています」

挨拶を交わした後、露は奏子の隣に腰かけた。スープ屋しずくに来ることは昨日伝えてある。そこで露が店内で朝ごはんを摂ることがあると聞き、一緒に食べることになったのだ。

麻野の料理を待ちながら、奏子は事件の顛末《てんまつ》を思い返した。

数日前、奏子は佳代子と一緒に砂羽から謝罪を受けた。初対面だったが、砂羽はごく普通の優しそうな女性に見えた。奏子が勝手に抱いていた印象とは別人だった。

砂羽は野生のハーブを不用意に利用したこと、皐に関する問題で頭に血が上ったことを後悔していた。その上で過ちを反省していた。

砂羽は自らの間違いを知り合いに説明し、噂を払拭するよう努めると約束してくれた。佳代子と奏子は、砂羽からの謝罪を受け容れた。

騒動の原因はハーブティーだった。

砂羽は娘の身を案じる余り、自然由来の食べ物にのめり込んでいた。考え方自体は問題なかったのだが、浅い知識が悲劇をもたらした。砂羽は野山で採取した野草をハーブティーの原料として使ったのだ。

砂羽はハイキングの最中に弟切草の写真をSNSに投稿した。砂羽は以前顔も知らないフォロワーのコメントで、弟切草が西洋でセントジョーンズワートと呼ばれていることを知ったという。

セントジョーンズワートはヒペリシンという成分を含み、抗うつ効果があるとされていた。西洋では愛飲されているが、ヒペリシンには光毒性も報告されていた。

光毒性はそのままでは人体に影響はないが、紫外線に反応して炎症を起こす。ヒペリシンが皮膚に触れた上で日光が当たると患部が腫れてしまうのだ。さらに身体に取り込んでから日の光を浴びても皮膚に影響を及ぼすという。

皐は肌に異変が起きた前日に、無添加の焼き菓子と自家製ブレンドのハーブティーを摂っていた。友人のネックレスを壊して落ち込む皐の気持ちを上向かせるため、砂羽は弟切草をブレンドした。採取してから乾燥させ、初めての利用だったという。

そしてヒペリシンは一晩かけて皐の全身に回り、翌朝に夏のような陽射しを浴びたことで光毒性を発揮したのだと思われた。

ただし麻野の説明では、セントジョーンズワートがハーブとしての効果が確認されているのも事実だった。専門家が販売するハーブを摂取することで、光毒性が表れずに心を落ち着ける効能で救われている人もいる。事実として同じハーブティーを飲んだ砂羽の肌は腫れていない。皐は影響が出やすい体質だったのだと考えられた。

考え事を終えるのと同時に、麻野が人数分の皿を運んできた。

「お待たせしました。リボリータです」

赤茶色の厚手の陶器が目の前に置かれると、煮込んだ野菜とチーズの香りが漂った。汁気はなく煮込み料理のようで、熱々の湯気が立っている。大粒の白インゲン豆とさいの目切りの野菜がたっぷりだ。表面にたっぷりの粉チーズがかけられ、煮込みの熱気でとろけていた。

「白インゲン豆と野菜をパンと一緒に煮込んだイタリアの郷土料理です。熱いので注意してお食べください」

パンが煮込まれたスープなんてはじめてだ。

「いただきます」

奏子は陶製の重みのある匙を手に取り、器の中身をすくった。パンはスープと溶け合って、ぽってりとした重量感がある。具材は野菜だけで、肉類はないようだ。

奏子は期待を込めてリボリータを口に運んだ。

まずとろっとしたパンの食感を舌に感じる。野菜はにんじんや茄子、ズッキーニやじゃがいもなど食感がバラエティ豊かだ。

白インゲン豆はほくほくで、スープをたっぷり吸い込んでいる。調味料は塩だけみたいであっさりしている。野菜のコクにパンの旨み、それに粉チーズが絡んで、肉類がなくても充分に豊かな味になっていた。

普段は朝でも食が細い佳代子も、満足そうに食べ進めている。

「美味しいね。それに店主さんの言う通り、食べ応えがあるなあ」

店内奥にあるブラックボードを見ると、白インゲン豆に関する情報が記されていた。

白インゲン豆はミネラルや食物繊維が豊富で、さらに集中力を高めると言われるアミノ酸のリジンも含まれているという。

加えて注意書きも添えられている。白インゲン豆にはレクチンという成分が含まれ、充分に加熱しないと食中毒を起こす危険性があるらしい。ありふれた食材でも毒になるものはたくさんあるのだろう。判別するには勉強しか手段はないのだと思った。

奏子はスプーンで白インゲン豆をすくい、じっと見詰めてから口に運ぶ。柔らかく煮上がった豆はしっかり熱が通り、食中毒を起こす危険はないという安心感がある。

料理を楽しんでいると、露が奏子の足元に視線を向けた。荷物かごには奏子が愛用している茶色のランドセルが置いてある。露が奏子に顔を向けた。

「学校に行くことを選んだんだね」

奏子は数日前から登校を再開していた。席の向かいで佳代子が首を傾げている。露の発言の意味を把握しかねているのだろう。問題が解決したのだから、学校へ行くのは当然だと考えているのだと思う。

勉強のためには必ずしも学校に通う必要はない。その考えは今でも変わっていないけど、今回の件を通じて学んだことがあった。

奏子は噂や事前に抱いた印象で、多くのことを決めつけていた。だけど直接対面して初めて知れたことがたくさんあった。

葉南は気が強いと思っていたのに、実際は憶病な性格を隠していた。皐に嫌われたと思い込んでいたけど実際は違っていた。砂羽は怖い印象だったのに、謝罪のときの雰囲気は温厚そうだった。前に絡んできた男子も真実を知って謝ってきた。その男子としては、わるいことをした女子をこらしめるための行動だったらしい。反省した様子だったので、奏子は許すことにした。

学校に行かなくても得られるものはあるし、苦しかったら無理に通学する必要はない。だけど実際に足を運んで触れ合うことで手に入るものもある。奏子はそれをほしいと思った。考えを露に説明したかったけど、長くなりそうなので短くまとめることにした。

「学校が楽しいから」

だから奏子は登校する。理由はそれで充分だ。佳代子は奏子の返事に満足そうにしていた。露が微笑み、リボリータを口に運ぶ。奏子も白インゲン豆を噛みしめると、ほくほくの食感と一緒に豆のしっとりした甘みが舌に広がった。

第三話

ひったくりとデリバリー

1

閑静な住宅街の路地に、イタリア国旗を縦にしたのぼりが揺れていた。近づくとガラス戸の先に小さな店舗があった。店内に大きなショーケースがあり、色とりどりの惣菜《そうざい》が並んでいる。

『イタリア惣菜カリヤ』は路地に面した二階建ての一軒家の一階部分を改装して店を営んでいる。白塗りの壁はアマルフィの住宅をイメージしているらしい。こぢんまりとした店構えは愛らしく、気取らない雰囲気で親しみが持てる。

理恵が店に入ると、コックコート姿の店長・狩谷《かりや》はるかが潑剌《はつらつ》とした挨拶と一緒に客へと紙袋を手渡していた。

「お待たせしました」

「ありがとう。ワインと合わせるのが楽しみだわ」

理恵と入れ替わりで女性客が店を出る。サンダル履きなので近隣住民なのだろう。住宅街のど真ん中という立地は繁華街と違って客入りが不安に思われそうだが、開店から一年以上営業を続けている。

「おはようございます」

「奥谷さん、お疲れ様です」

一人で店を切り盛りする狩谷の化粧気の薄い顔には、いつも元気が漲《みなぎ》っていた。ショートヘアに黒色のキャップをかぶり、黒色のエプロンという格好だ。本日は取材のために事前にアポイントメントを取ってあった。

「相変わらずお忙しそうですね」

「おかげさまで何とか」

理恵はショーケースに目を遣る。パテ・ド・カンパーニュは食べ応えがありそうで、パプリカのマリネは赤や黄が鮮やかで艶やかだ。玉ねぎのキッシュやトリッパのトマト煮込みも食欲をそそるが、金属のトレイの大半は空だった。

時刻は一時半で、ランチのお客様が一段落した頃合いだ。自宅で食事をする層がターゲットのため、ピークタイムが通常の飲食店より早いらしい。夕方は四時くらいから客が増えるという。狩谷がショーケース奥にある作業台に向かった。

「実は自家製ハムの豚肉を変えたんです。ぜひご試食していってください」

「ありがとうございます。楽しみです」

狩谷がハムの塊を薄く切り分けてから楊枝《ようじ》を刺し、紙皿に載せてカウンター越しに渡してくれた。イタリアで修業した店長自慢の逸品だった。口に入れて嚙むと豚肉の赤身のジューシーさが溢れ、燻製の香りがふわりと漂った。そして脂身がしっとりと溶けていく。

「以前より赤身の旨みが濃くて、脂身の口溶けがいいですね。今回はハムの写真を使いましょうか」

「ぜひお願いします」

狩谷がハムを切り分け、持ち帰り専用の容器に入れる。それから撮影のため、ハムの塊と一緒にショーケースの上に並べた。理恵は社用カメラで撮影しつつ、記事に載せるため豚肉のブランドや製法上のこだわりを訊ねる。

「やはり狩谷さんのハムは人気のようですね」

ショーケースにあるハムやソーセージなど食肉加工品のトレイが空になっていた。

「将来的にはネット通販も考えています」

「開始したらぜひ教えてください」

理恵は手帳を確認し、狩谷と次回の打ち合わせ日を確認する。すると突然、レジ脇に置かれたタブレットが着信音を鳴らした。狩谷が画面を確認し、申し訳なさそうに頭を下げる。

「すみません、注文が入りました。少しだけお待ちください」

「構いませんよ」

狩谷がタブレットを操作し、ショーケースから持ち帰り用容器に料理を詰める。

「ありがたいことに、デリバリー業務も好調なんです。先週からは販売エリアも広げて、チラシのポスティングもしたおかげで注文が増えています」

「順調そうで何よりです」

イタリア惣菜カリヤは地域の客を順調につかんだ後、三ヶ月ほど前からデリバリー業務を開始した。店には駐車場がなく、コインパーキングからも距離がある。路上駐車できる道幅もないし近隣住民の迷惑にもなる。口コミで広まった評判に応えるため、狩谷はデリバリーをはじめたのだった。

狩谷がデリバリー用の料理の準備を終える。すると一台のクロスバイクが店の前で止まった。一人の男性が降りてきて、店のガラスドアを開けた。

「狩谷さん、料理の回収に来ました」

「平塚《ひらつか》くん、今日もよろしくね」

二十歳前後の細身の男性で、四角いバッグを背負っている。タブレット上でアプリを操作することで、近所にいる配達員に依頼を出せるらしい。平塚とは以前一度、店の前で挨拶をしたことがある。

平塚は近所で暮らすフリーターで、イタリア惣菜カリヤのデリバリーを引き受けることが多いらしい。何度も依頼をするうちに顔馴染みになったようだ。愛想こそ良くないが時間に正確で配達物を丁寧に扱うため頼りにしているという。

自転車を駆使して配達業務を請け負う人たちを巷《ちまた》で見かけるようになった。

個人店が配送員を独自に雇うのは初期投資や維持費などで難しい。そこでイタリア惣菜カリヤでは配達業務を外部委託した。この辺一帯では昨今の出前需要の増加を見込んで、地元のベンチャー企業が地域密着型のデリバリー業務を展開していた。

大手のシステムはパソコンやスマートフォンのアプリからの注文しかできない場合が多い。だがそのベンチャー企業は、今なお根強い電話注文にも対応していた。電話での注文を受けた店が配達人に連絡して配送を依頼するのだ。

狩谷が告げる暗証番号を平塚がスマホに入力する。すると平塚が顔を曇らせた。

「配達先は江沼《えぬま》町なんですね」

「申し訳ないけど、お願いできるかな」

「これが俺の仕事ですし、昼間だから大丈夫ですよ。でも夜だと嫌がる人が出てくるかと思います」

平塚が料理を受け取り、バッグに入れた。店を出て、スマホをクロスバイクのホルダーに固定する。そしてサドルに跨《また》がり、颯爽《さっそう》と発進していった。

平塚の姿が消えてから、理恵は狩谷に訊ねた。

「江沼町の配達は問題があるのですか？」

近隣の住所を思い出す。イタリア惣菜カリヤから江沼町まで、直線距離だと近いはずだ。すると狩谷が表情を暗くさせた。

「最近配達エリアに追加したのですが、線路と川が邪魔で意外に時間がかかるんです。近道もあるのですが、危険な場所が多いんですよ」

線路をくぐる薄暗いトンネルや古くて細い橋、雑木林沿いの暗い道など、交通事故が多い地点ばかりなのだそうだ。広い通りもあるのだが、遠回りになって十分近く余計に時間がかかるという。

配達員は配達の回数によって稼ぎが増える。そのため数をこなしたいと考えている。その結果、配達時間の短縮のために危険な道を選ぶことになる。

平塚の反応を見る限り、依頼を受けた時点で配達先はわからないようだ。狩谷がため息をつく。

「それに最近、市内でひったくりが頻発しているでしょう。配達員も敏感になっているんです」

だが狩谷は江沼町への配達をやめたくないと考えているという。

「江沼町は一人暮らしのご老人が多く、料理の配達を必要とする人の需要があるんです。うちのイタリアンは油も塩気も控えめで、年配の方にも好評です。注文がある以上は何とか続けたいんです」

素朴だが満足感の高いイタリア家庭料理を自宅で楽しむ。それがイタリア惣菜カリヤのコンセプトだ。幅広い世代に支持されるのは住宅街での成功からもうかがえた。

狩谷の目標を理恵は応援している。トラブルが起きないよう願ったが、数日後にあっけなく破られる。イタリア惣菜カリヤの料理を運んでいた配達員が、夜道で何者かに追いかけられる事件が発生したのだ。

2

朝から霧のような雨が降っていた。傘でも防げずに全身が濡れてしまいそうだ。窓から外の様子を眺め、理恵は小さく息を吐いた。

「お疲れですか？」

麻野に訊ねられ、理恵は努めて笑顔を作った。

「大丈夫です。ご心配ありがとうございます」

本日のスープはベーコンとブロッコリーのカレー風味のスープで、彫り模様のある小豆色のお碗に盛りつけてある。ベーコンとブロッコリー、人参や玉ねぎなどの野菜を、カレー粉と一緒に丁寧に炒める。スパイスの香りが立ったらブイヨンで軽く煮て、野菜に火が通ったら完成というシンプルなレシピだ。

漆塗りの匙で口に運ぶ。作り方は簡素だが、ベーコンのコクと野菜の甘味のバランスが好ましい。そしてスパイスの控えめな香りが味わいを引き締め、朝から食欲を増してくれる。クミンの割合が多く、伝統的な家庭のカレーを思い出させる。唐辛子のぴりっとした辛みは起き抜けの頭をはっきりさせてくれた。

ブロッコリーはレモンよりビタミンが豊富で、疲労回復や風邪予防に効果があるとされている。クロムというミネラルを含み、脂肪燃焼効果や血糖値を下げる効能も報告されているそうだ。

「疲れは平気なのですが、いくつかわるい知らせが届きまして。実は先日お話しした洋食屋のえんとつ軒さんの入るビルが取り壊しになるかもしれないんです」

えんとつ軒の記事は無事に誌面に載った。問い合わせも来て、店にも常連客の邪魔にならない範囲で新規客が増えた。喜んでもらえたのも束《つか》の間、店主のたつ子の娘である勇美《ゆみ》からメールが届いた。

えんとつ軒のビルは市内に住む地主が所有者だった。オーナーは長年えんとつ軒にテナントを貸していたが、数週間前に急逝してしまったらしい。

ビルの権利は子供たちが受け継ぐことになったが、相続税の問題で建物と土地を手放さざるを得なくなる。そして買い取ることになった相手が、古くなったビルを取り壊して新しく建て直す意向なのだそうだ。

えんとつ軒は三十年以上、地元で愛されている。取り壊しに不満を抱く人も多いが、建物の所有者の判断であれば仕方がない。

「問題は店長のたつ子さんが、移転せずに閉店すると言い出していることなんです」

ビルの取り壊しを知った勇美は、たつ子が別のテナントに移るものだと信じ込んでいた。だがたつ子は店を続けない方針だと話しているそうなのだ。

「今は勇美さんが説得しているようです。店長が決めたなら逆らえないかもしれませんが、存続を望む声は多いと聞いています。私もその一人です」

麻野が複雑そうな表情を浮かべる。

「閉店の問題は難しいですね。経営側からすると理解もできますが、客の目線だと好きな飲食店がなくなる悲しい気持ちはわかります」

「麻野さんも経験がおありですか?」

「以前お話しした高校在学中に働いていたお店の閉店ですね。卒業後も働きたかったのですが、シェフがある日倒れてしまったんです。そのまま店には復帰できず、翌年には亡くなられてしまいました」

シェフはまだ高校生だった麻野に目をかけてくれたという。身寄りがなく施設暮らしだった麻野にまかない料理をたらふく食べさせ、施設の仲間たちに食事を振る舞うこともあったそうだ。

「僕の尊敬する人の一人です」

麻野が懐かしそうに目を細めてから、理恵が抱える他のわるい知らせについて訊ねてきた。理恵はカレー風味のスープを飲んでから口を開いた。

「実は取材先で配送トラブルが発生しまして」

イタリア惣菜カリヤに顔を出したときに、狩谷からトラブルの内容を教えられた。

イタリア惣菜カリヤは配達依頼を受け、配達員に料理を渡した。夜七時四十五分ごろ、配達員は江沼町に向けて自転車で出発したそうだ。

配達員は夜道が危険な最短ルートを走っていた。そしてひと気のないトンネルを通過したところで正体不明の男に遭遇したというのだ。

男は暗がりから姿を現し、棒状の武器らしき物体を振りかざして突然怒鳴りつけてきた。配達員は驚いて転びそうになる。必死に体勢を立て直し、ペダルを漕《こ》いだことで何とか逃げることに成功した。だが料理はバッグの中で大きく傾き、配達先から苦情を受けてしまうことになる。

怯えた配達員は、仕事仲間である平塚に相談した。近隣の配達員同士がＳＮＳで繋がり、情報を交換しているのだ。キャリアが長い平塚はコミュニティで信頼されているという。平塚の助言で配達員は警察に通報した。だが直接の被害はないため、巡回を増やすという回答しか得られなかった。

狩谷は遠回りを推奨しているが、たくさん稼ぎたい配達員は最短距離を選んでしまう。外部委託なので経路の強制は難しい。そのため狩谷は江沼町を配達の対象外にするべきか悩んでいた。だが江沼町からの注文も増え、狩谷は板挟みになっていた。

江沼町は繁華街から遠く、デリバリーをする飲食店は限られている。イタリア惣菜カリヤからの配達数は伸びているが、実は一人暮らしの高齢者は単価が低いという。除外しても売上への影響は少ないが、狩谷には配達を続けたい動機があった。

狩谷はイタリア修業中に父親を亡くしている。高血圧と肥満が原因の生活習慣病が原因だった。妻に先立たれ、料理経験のない父親はレトルト食品ばかり摂っていた。その経験が独居老人を助けたい気持ちに繋がっているという。

麻野は包丁でベーコンの塊をスライスしていた。スープ屋しずくで使うベーコンは燻製香が強く、脂身がたっぷりついている。カリカリに焼いて食べても美味しそうだが、スープに豊潤な旨みを与える力があった。麻野が眉間に皺を寄せる。

「特定の地域で配達に時間がかかると明記するのも手ですが、店側は不安でしょうね。お客さまを待たせることで、次回の注文を失う恐怖がつきまといます。良質な品を提供すれば離れないとお客様を信じ続けるのは、大事ですが難しくもあります」

しずくほどの人気店でも、客入りを不安に思うのだ。スープ屋しずくの味と居心地の良さは、麻野の絶え間ない努力の上で成り立っていることを再認識する。

「イタリア惣菜カリヤならきっと大丈夫です」

「理恵さんがそこまで評価するなら、僕も食べてみたくなってきました」

ドアベルの音が鳴り、お客さんが入ってくる。麻野が柔らかな笑みで出迎え、テーブルに案内する。調理場に戻った麻野に理恵は声をかけた。

「そろそろ出社しますね」

「お仕事がんばってください」

麻野の見送りの言葉を受け、理恵は大きく伸びをした。麻野と朝のスープは気持ちを楽にしてくれる。小雨が続いているが、足取りは不思議と軽かった。

だが理恵の気分はすぐに沈むことになる。配達員の平塚が、ひったくりの容疑で警察に任意同行されたと知らされたのだ。


理恵は顛末を狩谷からの電話で知った。狩谷は解放された平塚から聞いたようだ。

平塚は一昨日、イタリア惣菜カリヤからデリバリーの依頼を受注した。時刻は夜七時で、配達先が江沼町だと知った平塚は顔をしかめた。だが断ることなく自転車を走らせたという。

その日は小雨で視界と足下が悪かった。平塚はトンネルで線路を越え、細い橋で川を通過した。雑木林に差し掛かり、電灯の少ない薄暗い道を進んだ。倒産した工場や放置された広大な更地なども多いため家明かりも期待できない。

平塚は不安を感じつつ安全運転を心がけた。危険な近道を越え、二車線の道路に出た平塚は安堵感を覚える。赤信号を待っているとパトカーが近づいてきた。パトカーはスピーカーで平塚の自転車に動かないよう命令し、すぐ近くに停車した。パトカーから制服警官が二名降り、平塚に近づく。近所でひったくりが発生したため巡回中だと警察官が説明する。犯人は配達員の格好で自転車に乗り、通行人のバッグを奪ったというのだ。

もちろん平塚に心当たりはなく、配達時間を奪われることに苛立ちを覚えた。するとその背後から一人の女性が走ってきた。

「待ってください」

大声で叫び、平塚の近くまで駆け寄る。そして戸惑う警察官にスマホを掲げた。

「私が通報者です。ひったくりはこいつです」

警察官が顔色を変え、平塚を取り囲む。女性は肩で息をしている。平塚は無実を主張するが、警官に凄《すご》まれて黙らされる。

女性は呼吸を整えてから、警官に一キロ先の路上でバッグを奪われたと説明した。叫ぶが周囲に人はおらず、女性は遠ざかる犯人を必死で追いかけてきたらしい。元陸上部で足に自信があったと興奮しながら話していたという。

犯人は配達員がよく使うバッグを背負い、クロスバイクに乗っていた。バッグを盗まれたとき、幸いスマホは手に持っていた。通報しつつ追いかける女性に、犯人は気づいていない様子だった。そして自転車から引き離され、体力が限界に近づいた直後に自転車がパトカーに呼び止められたというのだ。

平塚は警察から任意同行を求められた。当然逆らえず、配達は中断される。パトカー内で平塚から連絡を受けた狩谷は慌てて別の配達員に依頼を頼んだらしい。

平塚は警察から取り調べを受けた。平塚が通った経路は、女性が被害にあった地点とは離れている。だが警察からは遠回りすれば時間的に犯行は不可能ではないと疑われたという。

ただ、犯行を示す物的証拠は何もなかった。盗まれた女性のバッグも見つからず、翌朝には釈放された。イタリア惣菜カリヤにも捜査三課の盗犯捜査担当と名乗る刑事が聞き込みにきたそうだ。

平塚は逮捕にショックを受け、現在はデリバリー業務を休んでいるという。実は平塚は就職先で人間関係に悩み、退職して実家に戻ってきていた。休養の後に社会復帰先として選んだのが身軽な配達員の仕事だったのだ。

取り調べの件はコミュニティを介して近隣の配達員に広まった。そのためイタリア惣菜カリヤの依頼を引き受ける配達員が減っているそうなのだ。

「配達員あってのデリバリー業務です。江沼町からの注文は増えていますが、安全を考えると配達エリアから外すべきなのでしょう。せめて真犯人さえ捕まれば、多少は安心できるのですが……」

電話越しの狩谷の声は最後まで暗かった。理恵は受話器を置く。理恵は狩谷を応援しているが、配達員の協力がなければデリバリー業務は成り立たない。

「今の電話って話題のひったくりについてですか？」

通りかかった同僚の深野《ふかの》が心配そうに話しかけてくる。別部署で働く二十代の女性で、アッシュブラウンに染めた髪を軽めに巻いた髪型が可愛らしい。

「担当の店が被害に遭ったんだ」

理恵が説明すると、深野は眉間に皺を寄せた。

「怖いですよね。あたしの家の近所に住むおばあさんも、二週間前にひったくりに遭って怪我《けが》までしたんです。本当に腹が立ちますよね」

深野の知り合いは、夜道でクロスバイクの男性にバッグを奪われた。場所は江沼町から近い場所だという。犯人は平塚の件同様、自転車のデリバリー業者そっくりだったそうだ。盗まれたバッグは現金が抜き取られた状態で発見されたらしい。

「物騒だね。実はその店は以前にも、配達員が不審者に襲われそうになる怪事件に遭遇しているんだ」

「ひったくり犯とは別に、そんな不審者も出たんですね」

深野宛てに電話が来て、理恵たちは雑談を切り上げる。

その翌々日、理恵は深野から声をかけられた。深野は神妙な顔つきだった。

「先日、謎の不審者に襲われた配達員の話を聞きましたよね。実はそのお店を教えてほしいのですが」

「構わないけど、どうしたの？」

「実は……」

深野の話に耳を疑う。配達員を脅かした不審者が名乗り出て、イタリア惣菜カリヤに謝罪したいという内容だったのだ。

3

イタリア惣菜カリヤの定休日、理恵と狩谷は店舗二階にある事務所兼住居スペースで正座をしていた。狩谷は古びた狭小住宅の一階を改装し、二階をそのままにして生活空間に利用している。だが六畳間は食材の段ボールや書類で埋もれ、成人三人がかろうじて入れる状況だった。

「ひどい有様で面目ないです。それと理恵さんには付き合ってもらって申し訳ありません」

「話を繋いだのは私ですから」

理恵たち以外に一人の成人男性が正座をしている。筋肉質で縦にも横にも身体が大きい。金髪にあごひげという風貌で、顔は金剛力士像に酷似している。久保田《くぼた》という名前の男性が畳に額をこすりつけた。

「本当にすみませんでした」

野太くて大きな声だ。土下座をする久保田は、ひったくり被害に遭った深野の知り合いの孫だった。同時にイタリア惣菜カリヤの配達員を驚かせた張本人でもある。

「ばあちゃんが酷い目に遭わされて頭に血が上ったんです。だから自警団の真似事をして犯人を捕まえようと考えたのですが、ばあちゃんに叱られて目が覚めました」

久保田は大切な祖母が被害を受け、怒り狂ったらしい。その勢いで伸縮可能な警棒を手に、夜な夜な近隣を巡回していた。フリーターのため時間の自由がきくそうだ。

久保田は祖母から犯人の格好を聞いていた。そしてある日、抜け道を疾走する自転車を発見する。

怪しんだ久保田は警棒を伸ばしつつ接近して呼びかけた。久保田は運動部だった経験から地声が大きく、容貌も厳《いか》めしいため配達員は威圧感に怯えてしまったのだ。

そして数日前、久保田は巡回中の警察官に呼び止められた。

犯人確保が目的でも、武器を持って徘徊《はいかい》すれば不審者と変わらない。説明したが警察に注意され、事情を初めて知った祖母からも叱られたという。

噂は近隣に広まり、深野の耳にも入る。深野はイタリア惣菜カリヤも迷惑を被ったらしいと久保田の祖母に伝えた。すると祖母は孫に謝罪に出向くよう命じたというのだ。

理恵は狩谷と久保田の仲介を務めた。そして久保田はイタリア惣菜カリヤに直接出向いてくることになった。理恵も橋渡しをした身として立ち合うことにした。配達員にも久保田のことは伝えてあり、この後に頭を下げに行く予定だという。

久保田から手土産を受け取り、狩谷が穏やかに微笑みかけた。

「身内の方が被害に遭われ、正義感に駆られたのですよね。気持ちはわかりますので、どうか頭を上げてください」

「ありがとうございます」

久保田がゆっくり顔を上げると、目の端に涙を浮かべていた。

「お店の被害も特にないので気に病まないでください。悪いのはひったくり犯です。実はうちも配達員がひったくり犯に間違われて迷惑を被っているんです」

久保田が悔しそうに歯を食いしばった。

「犯人は本当に許せないのに、何の役にも立てなくて不甲斐ないです。この前の小雨のときだって、怪しい自転車を見かけたと警察に伝えました。でも全然信じてもらえず、相手にもしてもらえなかったんです」

「怪しい自転車？」

狩谷が詳細について久保田に訊ねる。すると久保田が不審な自転車を目撃したのは、平塚が任意同行された小雨の日だとわかった。

久保田は夕方から自主的な警備をしていた。場所は夜道が不安だと噂がある江沼町の外れで、霧雨のため視界はわるかったという。すると五十メートルくらい先にクロスバイクが交差点を横切る姿を発見した。

電灯に照らされた運転者は配達員の格好をしていた。追跡するか迷うが、距離的に無理だと判断する。すると女性がクロスバイクを追うように走っていったというのだ。

「何時頃かわかりますか？」

理恵が質問すると、久保田は自信ありげに答えた。

「それならわかります。女性が交差点を通過した瞬間に、緊急地震速報が鳴りましたから」

小雨の日の夜、震度二の地震が観測された。震源地のマグニチュードが大きく、速報がスマホに一斉送信されたのだ。理恵も社内で驚いたのを覚えている。理恵はスマホで地震発生時刻を調べた。

「午後七時二十一分ですね」

速報直後に揺れたので、目撃時刻とほぼ同じはずだ。イタリア惣菜カリヤに注文が入ったのは午後七時二分になる。料理を準備し、平塚に預けたのが十分後だ。江沼町までの距離を考えれば、平塚が任意同行された時刻の数分前の出来事だと思われた。

「不審者はこの人物でしたか？」

狩谷がタブレットに平塚がクロスバイクに乗る写真を表示させた。久保田は首を捻って写真に顔を近づける。

「走り抜ける一瞬だったので顔はわかりません。ただ何となく違う気もします。でも違和感の理由は思い出せないですね……」

謝罪を終え、久保田は何度も頭を下げながら去っていった。理恵もイタリア惣菜カリヤを辞去する。

狩谷は悩んだ末に江沼町の配達を一時的に停止した。アプリやパソコンの画面上では、配達の中止はすぐに反映される。だが電話での配達の依頼は届いているらしく、何度も断る現状を心苦しく思っている様子だった。

腕時計を確認すると次の予定まで余裕があった。理恵は会社とは逆方向に歩く。担当地域の視察も業務の一環だと考え、江沼町に向かうことにした。

地図アプリを頼りに、イタリア惣菜カリヤから平塚が警察に呼び止められた経路を歩く。線路をくぐるトンネルは幅が狭いのに、自動車が速度を下げずに通過していた。川にかかる橋のそばも周囲に何もなく、夜の暗さが想像できた。

江沼町は事前の情報通り静かな住宅街だった。人も車も少なくて小売店もない。同じ住宅街でもイタリア惣菜カリヤの付近は長閑《のどか》という印象だが、江沼町はなぜか余所《よそ》余所《よそ》しい雰囲気があるような気がした。

違いの理由を考え、マンションやアパートなどの集合住宅が多いことに気づく。イタリア惣菜カリヤの周囲は一軒家が多く、さらに生け垣や壁も低いため庭も開放的だった。

一方で江沼町は住宅の塀が高く、ベランダも大半が道路に面していない。プライバシーが堅く守られている印象で、昼間なのに人の息遣いが感じられなかった。他人の目を気にせず暮らせるメリットもあるため、どちらが暮らしやすいかは一概に判断はできない。

江沼町の外れには雑木林があった。手入れされていないのか藪《やぶ》が茂っている。街灯の数も少ないため、夜道はきっと怖いはずだ。この道を進んだ先にある突き当たりの信号で、平塚は警察から任意同行を求められたという。

地図アプリを確認し、理恵は丁字路で立ち止まる。直進すると平塚が確保された信号で、左手側は雑木林が茂っている。アプリ上には、右折した先にある最初の十字路にピンが刺してある。久保田との会話中に念のためつけた印だった。

久保田の話では、そのピンの場所にある交差点を、謎の自転車と追いかける女性が順番に通過したらしい。久保田はその様子を五十メートルほど離れた路上で目撃していた。自転車と女性は、理恵がいる方向に移動していったらしい。

理恵は丁字路を右折する。百メートルほど歩き、地図上にピンを刺した場所に立った。それから振り返り、丁字路へと視線を向ける。

直線道路の突き当たり正面は雑木林だ。左手側の敷地には集合住宅が並び、道を挟んだ右手側は広い更地だった。建物が撤去されて間がないのか雑草が短い。

平塚の自転車は突き当たりにある雑木林沿いの道を、左から右に走り抜けた。そしてしばらく進んだ先で警察に呼び止められ、被害女性に犯人だと名指しされた。

被害女性は犯人を必死に追いかけていた。警察に対しても確信を持って平塚を犯人だと断言している。だけど平塚は無実のはずだ。女性はいつ、どのタイミングで相手を取り違えたのだろう。

景色を眺めながら考えるが、何のアイデアも浮かばない。腕時計を見ると次の予定が迫っていた。理恵はスマホで経路を調べ、近くのバス停を小走りで目指した。

4

寝ぼけまなこを指で擦《こす》り、不意の欠伸《あくび》を手のひらで隠す。麻野は包丁でパセリを刻んでいて、大きく開けた口は見られていないようだ。

今日の朝食は天然なめこのポタージュだ。じゃがいもとブイヨンをベースにミキサーにかけられたなめこがたっぷり溶け込んでいる。ほのかな茶色のポタージュは、樫《かし》で作られたゆったりしたサイズの木のお椀に盛られている。明るい色の木肌とポタージュは色味が近く、両者の境目が曖昧だ。

同じ木材から作られた匙ですくって口に運ぶと、じゃがいものとろっとした食感が舌に載る。それと同時になめこ特有のつるんとしたねばりも確かに感じた。

まとわりつくような食感が新鮮で楽しい。さらになめこの風味を強く味わえる。普段はぬめりとシャキシャキの食感が印象に残るけど、豊潤な旨みを持つ素材だと再認識する。

「美味しい」

理恵がつぶやくと、麻野がパセリを冷蔵庫にしまいながら言った。

「栽培されたなめこも美味しいですが、天然ものは格別ですよね」

麻野の説明では、なめこに含まれるβ-グルカンという不溶性食物繊維は、免疫力の強化が報告されているらしい。ぬめりには糖質の吸収を穏やかにするというペクチン、血中コレステロールを下げる効果が期待されるコンドロイチン、タンパク質の消化を促進するムチンなど多彩な栄養成分が含まれているそうだ。

麻野は今日、普段より寝坊したらしい。そのため下拵えに集中している。邪魔しないように料理を堪能していると、起きだしてきた露に挨拶をされた。

「おはようございます」

「露ちゃん、おはよう」

露も眠そうに目を擦る。六年生の秋になり、中学進学まで半年しかない。今日は茶色のパーカーにジーンズという格好だ。出会った二年前より顔立ちも大人びて、背丈も数センチ伸びたようだ。

カウンターに腰かけた露の前に、麻野が本日のスープを置く。目を輝かせながら味わい、露が理恵に顔を向ける。それから露が首を傾げた。

「理恵さん、お仕事は順調ですか？」

突然の質問にどきりとする。ただの世間話に違いないが、イタリア惣菜カリヤの件で悩んでいることを見抜かれた気がした。

「実はいくつか残念なことがあってね」

理恵はまずえんとつ軒について話した。気に入った店がなくなるのは悲しい。すると露が興味を示し、店の名前を知りたがった。教えると露は手にしたスマホで検索し、店の情報を調べはじめた。

「ビーフカレーが美味しそうですね。それとお店の見た目も可愛いな」

「私も最初、外観から惹かれたんだ。何となくスープ屋しずくに似ている気がしたんだけど、露ちゃんはどう思う？」

煉瓦造りを模した外壁など珍しくない。なぜスープ屋しずくを思い出したのか理恵には理由がわからなかった。

「うーん、何だろう。私も何となく似ている気がするかな。よくわからないけど、リズムが同じ感じがします」

「リズム？」

露の表現は曖昧だった。えんとつ軒の外観を思い出すが、リズムが似ているという言葉の意味がわからない。

「それとももう一つ、担当しているお店で事件があったんだ」

理恵は配達にまつわる事件の経緯を説明する。麻野は黙々と人参をさいの目切りにしている。一通り話し終えると、露は不機嫌そうに唇を尖《とが》らせた。

「ひったくりなんて最低です。被害者は気の毒ですし、無実の罪も怖いですね」

冤罪や誤認逮捕に関する報道は何度も目にしたことがある。無実なのに犯人だと名指しされるなんて想像するだけで寒気がした。

突然、麻野が包丁を動かす手を止めた。

「地理的な状況を詳しく教えてもらえますか？」

「構いませんよ」

理恵は今回の事件に関する位置の情報を麻野に伝える。平塚が警察に声をかけられた場所と、久保田が不審者を目撃した交差点、そして経路が交わる丁字路などを伝える。すると麻野はエプロンのポケットからスマホを取り出し、画面を見詰めながら思案の表情を浮かべた。

「久保田さんが不審な自転車と、追いかける女性を目撃した交差点はここか……。理恵さん、交差点からの景色はこちらで間違いありませんか？」

麻野がスマホの画面を向けてくる。そこには理恵が実際に目にした景色が表示されていた。麻野は地図上の風景を閲覧できるアプリを利用していた。

「合っています」

直線の道の突き当たりは雑木林だ。左側は住宅で、右側は更地になっている。麻野がスマホを再び見ながら険しい表情でつぶやく。

「被害者の女性は、単純な理由で平塚さんを犯人と誤認したのかもしれません」

「どういうことでしょう」

理恵が訊ねると、麻野は推理を披露してくれた。

事件当日、被害女性は犯人を追いかけた。周辺は暗く、小雨で視界がわるかった。相手は自転車のため、被害女性は徐々に引き離される。

犯人は交差点を通過し、被害女性も同じ場所を走り抜ける。久保田が目撃した場面だ。そして久保田が証言したように、直後に緊急地震速報が鳴り響く。

女性は走りながら通報し、平塚を犯人と名指しした際もスマホを持っていた。バッグは盗まれているため、スマホをしまう場所がなかったのかもしれない。追いかける最中、女性がスマホを握っていた可能性は高かった。

「緊急地震速報のブザーが鳴ったら、反射的に画面を確認するでしょう。その瞬間だけは被害女性の視界から犯人の姿が外れたはずです」

手元のスマホに意識が向けば、周囲の状況は把握できなくなる。その瞬間に偶然、犯人はどこかに身を隠した。直後に一台の自転車が突き当たりの丁字路を通過する。

「夜間なら丁字路付近を街灯が照らすはずです。丁字路の右手側は更地のため視界も拓《ひら》けています。そのためスマホから顔を上げた女性の目に、平塚さんの自転車が真っ先に映ったのだと思います」

被害女性は雑木林沿いを走る自転車を、丁字路を右折した犯人だと誤認した。ひったくり犯が配達員の姿をしていたため同一人物だと錯覚したのだ。

被害女性は自転車に追いつき、平塚を犯人だと指差した。その結果、不幸にも平塚は任意同行されることになる。

麻野の推理を聞いていた露が小さく手を挙げた。

「お父さん、犯人はどこに身を隠したの？」

「更地の暗がりか、更地の向かいにある住居のどれかかな。平塚さんが緊急地震速報でスマホに意識を奪われ、近くを走る自転車を見逃した可能性も考えられるね」

配達員の自転車にはスマホを固定するホルダーがついている。運転中に速報が鳴れば反射的に目を向けるが、安全運転だという平塚の性格を考えると自転車とすれ違えば気づくはずだ。更地か住居のどちらかの可能性が高いように思えた。

「住居だった場合、犯人の家があったことになりませんか？」

犯人が女性の追跡に気づいたなら、隠れるより速度を上げて振り切るはずだ。元陸上部とはいえ女性が追い続けられたのは、濡れた路面と犯人の油断のせいだと思われる。

更地に隠れる必然性はないが、無関係な住宅の庭先に潜む可能性はもっと低いだろう。不審に思った住人に目撃されるのを怖《おそ》れるはずだ。

つまり犯人は追われている自覚がなかった可能性がある。その人物が住居に入った場合、本人か関係者の住まいとは考えられないだろうか。

「どうでしょう。あくまで僕の推論で、根拠は何もありませんから」

麻野が困り顔になるが、理恵は逡巡《しゅんじゅん》しつつ訊ねた。

「推理を警察に伝えてもよいでしょうか」

狩谷は刑事の名刺を受け取っている。狩谷を経由すれば直接伝えられるのだ。理恵の提案に麻野が戸惑いの表情を浮かべる。

「正解の自信はありませんよ」

麻野なら犯人の住居である可能性くらいすでに見抜いているはずだ。それなのに慎重な態度を取っているのは、すでに警察が捜査を進めているため、確証のないことは言うべきでないと考えているのだろう。

「解決の可能性が少しでも高まるなら試してみたいです」

麻野が迷った表情を浮かべた後に頷いた。出社時刻が近づき、麻野と露に挨拶をしてから立ち上がる。

「がんばってくださいね」

露から励ましの言葉を受け、理恵は笑顔でうなずき返す。窓の外を見ると真っ青な秋晴れが広がり、理恵は深呼吸をしてから玄関を出た。

理恵は狩谷と話し合い、警察に伝えるという結論に至った。名刺を渡してきた刑事に狩谷が電話すると、相手は半信半疑の様子だったらしい。理恵たちは過度な期待はしないようにして、後は警察に任せることにした。

その三日後、ひったくり犯は逮捕されることになる。

警察は他の事件の現場近くで、防犯カメラに映る犯人の映像を入手していた。犯人のクロスバイクはハンドルに特徴があった。水平のハンドルの端に後付けする、バーエンドバーという垂直の持ち手がついていたのだ。久保田が話していたクロスバイクの形の違いはハンドルだったのだ。

狩谷が連絡をした刑事は丁字路付近を調べたらしい。そこでマンションの駐輪場にバーエンドバーのついたクロスバイクを発見した。持ち主を特定して捜査を続け、所有者は犯人と断定された。三十代の会社員で、ギャンブルによる借金で金に困っての犯行だった。麻野の推理は正解だったのだ。自宅からそれほど離れていない場所で犯行に及んだのは、今までのひったくりが成功したことで油断していたからのようだ。

「というわけで事件は解決しました。全部麻野さんのおかげです」

理恵は早朝に、麻野に感謝を告げた。麻野は普段通り仕込みに勤しんでいる。

「たまたまですよ」

推理で犯罪を解決に導いたのだ。自慢気でも良さそうなのに、麻野は軽くはにかんだだけだ。理恵が和紙のような風合いの粉引のお碗を手に取ると、中身の温かさが手のひらに伝わる。陶製のレンゲで秋野菜とハムのスープを口に運んだ。

人参と玉ねぎ、蓮根《れんこん》とかぼちゃを刻み、じっくり炒めてからブイヨンとハムで煮込んだスープだ。ハムの塩気と野菜のコクを、新カボチャの甘みが優しくまとめている。炒め油のオリーブオイルはギリシャ産の高級品で、値段は張るけど風味に品があった。

「美味しい」

理恵は具材のハムを噛みしめる。出汁がスープに溶け込んでもしっかりと骨太な旨みが残っている。塩気の具合もちょうどよい。

じっくり堪能していると、麻野が冷蔵庫からハムの塊を取り出した。それから薄く切り分け、口に含んでから満足そうに頷いた。

「先日いただいたこちらのハムは本当に素晴らしいですね」

「気に入っていただけたようで何よりです」

スープのハムはイタリア惣菜カリヤの製品だ。理恵は解決のお礼として、地方発送のため導入した真空包装機でパックした食肉加工品を大量にもらった。理恵はその大半を推理のお礼として麻野にあげたのだ。

自家製ハムはそのまま食べても酒のつまみに最適だし、焼いて白飯のおかずにするのも心が躍る。そしてゆっくり煮出せば極上の出汁が取れる。そのまま食べるよりもったいない気もするけれど、だからこそ完成したスープは贅沢な味に仕上がる。

理恵はスープを味わってから深く息を吐いた。

「平塚さんは配達員として復帰しました。他の配達員も含め、安全な道で遠回りしながら江沼町へ配達をしているようです」

ひったくりが逮捕されたことで安心感が広がったようだ。加えて狩谷は江沼町までデリバリーする場合、配達員に特別な配達料を上乗せして支払うことを決めた。そして注文する際の注意書きに『一部地域は配達に時間がかかる場合があります』という文章を追加した。

狩谷は余分なコストや客離れによる売り上げの低下を覚悟した。だが実際は江沼町の住民による口コミが広がり、注文数は増えているという。

良質なものを望む人に届ける。理念さえ守れば、必要とする人はきっと途切れない。ただ、注文の増加の影響で、配達員の人手が足りなくなる状況にも陥っていた。しかし新たな助っ人が加わったという。久保田が配達の仕事をはじめたのだ。厳めしい風貌とは裏腹に高齢者からの評判が良く、お客さんから可愛がられていると狩谷から教えられた。

犯人を誤認した女性も、平塚に謝罪をしたらしい。被害者だし、不可抗力だから非はない。平塚はそう伝え、女性を許したと聞いている。

イタリア惣菜カリヤは今日も元気に営業し、料理を望んだ人たちに笑顔を運んでいる。狩谷の気持ちが守られたことが理恵は嬉しかった。

それも全部麻野のおかげだ。

「ありがとうございます」

麻野に感謝を伝える。だけど麻野はイタリア惣菜カリヤのハムやベーコンに夢中で、理恵の声が耳に入っていない様子だった。

第四話

在宅勤務の苦い朝

1

鼻先にパンを焼く芳ばしい香りが漂った。緑川規子《みどりかわのりこ》は歯を磨き、口をゆすぐ。リビングに戻ると、夫の昭宏《あきひろ》が皿をテーブルに運んでいた。

「朝食ができたよ、規子」

「ありがとう」

交際当初からぽっちゃり体型だった昭宏は、結婚後さらに五キロは増えた。柔和な雰囲気の顔立ちは、さらに穏やかそうになった。会社のテレワーク導入で出勤日が減り、今後はますます太らないか心配だ。

昭宏はテーブルにトマトとハム、チーズのホットサンドにオレンジジュース、千切ったレタスを置いた。

規子と昭宏は結婚三年目で、互いに三十四歳だ。出会いは同じ職場で、規子は結婚を機に別の会社に転職した。子供はまだいない。

夫は広告やデザインを扱う部署で働いていて、最近テレワーク制度が導入された。規子が在籍していた当時から取り入れる噂はあったが、遅々として進まなかった。それがようやくスタートすることになった。

導入から一週間、夫は新しい勤務形態に早くも順応している。

元々、パソコン上での作業が多く、出先に赴く頻度も少ない。会議や打ち合わせもオンラインやメールで事足りる。通勤や余計な電話の取り次ぎから解放された昭宏は、以前より自由な時間が増えたと喜んでいた。

「いただきます」

二人で食卓につき、手を合わせる。ホットサンドをかじると昭宏が胸を張った。

「我ながら完璧な朝食だな」

昭宏が笑顔で自画自賛する。

「そうだね」

出勤が不要になり、昭宏は二人の朝ごはんを作ると言いだした。

それまで規子のほうが昭宏より出社時刻が早いため、各自で冷蔵庫にあるものを自由に食べるか、会社近くで済ませるか、または朝を抜くかだった。

規子はオレンジジュースに口をつけ、すぐに飲み込む。すると昭宏が不思議そうな視線を向けてきた。

「いまいちだったか?」

規子は自覚なく顔をしかめていたらしい。

「そんなことないよ。とっても美味しい」

規子は笑顔を繕うが、味に違和感があった。オレンジジュースが不自然に苦く感じられたのだ。

ホットサンドやレタスにも妙な苦味があった。でも昭宏は満足そうな笑顔で、規子は違和感を口に出すのをやめる。規子は自分の味覚を疑った。体調やストレスに影響され、味覚が変化しているのだろう。

「ごちそうさま。今後も僕が朝ごはんを作るよ」

「ありがとう。すごく嬉しいな」

夫婦間で話し合い、家事分担はなるべく平等にしていた。だがテレワークがはじまって以降、昭宏は掃除や洗濯などを率先して行っていた。申し訳ない気持ちもあるが、昭宏は余裕があるほうが担うべきだと言ってくれている。

食器をシンクに運び、茶碗《ちゃわん》を水道水で浸す。洗おうとすると昭宏が横から手を伸ばし、スポンジを握った。

「もう出社時間だろう。洗い物は僕がやるから急ぎなよ」

「本当だ。準備をしなきゃ」

ひさしぶりの自宅での朝食で、ゆっくりしすぎたらしい。規子はふたたび軽く歯を磨いてから口をゆすぐ。

長い間愛用していた自然派素材の歯磨き粉が少し前に販売終了になった。そこで新しく大手メーカーの製品に変えたせいか、口腔内《こうくう》が過剰に清涼な感じがした。

身支度を調《ととの》えると、昭宏は食器洗いを終えていた。

「行ってきます」

「気をつけてね」

昭宏に見送られ、マンションを出る。２ＬＤＫのマンションでの生活は、身の丈に合った気がしている。

朝食の苦みはきっと、今日だけ起きた錯覚に違いない。

建物を出ると朝の光をまぶしく感じた。昭宏への感謝の気持ちを込めて、ちょっとしたプレゼントでも買って帰ろう。何にすれば喜ぶだろうと考えると、億劫な通勤時間の足取りも自然と軽くなった。


規子が店のドアを開けると、油で熱した玉ねぎの香りを感じた。スープ屋しずくの朝営業では、店主の麻野が黙々と下拵えをしている。

すっきりした内装の店内は暖色系の明かりで包まれている。かつての同僚の佐藤映奈《さとうえな》はテーブル席で規子に手を振った。自宅から電車で四十五分、スープ屋しずくは規子の勤務先の近くにあった。

「お待たせ、映奈」

「あたしも今来たところだよ」

映奈の向かいの席にバッグを置き、普段通りにセルフサービスのパンと紅茶を用意する。カウンターの向こうで野菜を炒めていた麻野が手を止め、規子に声をかけた。

「本日は里芋のポタージュです。お出ししてもよいでしょうか」

「よろしくお願いします」

「かしこまりました」

麻野が軽めの礼をして、店内奥の厨房に消える。スープ屋しずくの朝ごはんは日替わりだ。規子は食べ物の好き嫌いがなく、アレルギーも持っていない。

店内には誰もいなかった。カウンター席によく座っている、規子より年下と思われる常連客の姿が見当たらない。店主の麻野に向ける視線が輝いていて、きっと恋をしているのだと常々動向を気にしていた。

席に戻ると、麻野がトレイを持って厨房から出てきた。そしてテーブルに近づき、瑠璃釉《るりゆう》の深い青色の平皿を置いた。

「里芋のポタージュです。ごゆっくりお召し上がりください」

灰に近い茶色のポタージュは、濃い青の皿との対比によって元の色より明るく見えているのだと思われた。そこにパセリが散らされ、オリーブオイルが一回しされている。灰茶色にオイルの黄金色が輝くように映えていた。

「わあ、美味しそう」

顔を近づけると、大地を感じさせる里芋の香りが鼻腔をくすぐった。

チタン製だと思われるスプーンを手に取り、すくうと想像よりさらっとしていた。口に入れると里芋のねっとり感が控えめに残っている。里芋の甘みと土の風味を力強く感じるが、えぐみはぎりぎりのバランスで抑えられている。粒胡椒の辛味がはっきりしていて、野暮ったくなりそうな芋の味をきりりと引き締めている。

「やっぱりスープ屋しずくの味は好きだなあ」

映奈も笑顔でスープを味わっている。映奈は昭宏と同じ会社に勤めているが、部署が違うこともあって出社時間が早かった。乗換駅がスープ屋しずくの近くにあり、たまに予定を合わせて一緒に朝ごはんを食べる間柄だ。

「一緒に朝ごはんを食べるのも久しぶりだね」

「昭宏が最近、朝ごはんを作ってくれるからね」

「デザイン課はテレワークだものね。在宅だとそんなことまでしてくれるのかあ。毎朝目覚めたらごはんがある生活なんて最高じゃない。子供時代が懐かしくなるわ」

「……そうだね」

炊《た》きたてのお米の匂いで目覚める生活は、高校卒業を機に家を出た身としては懐かしかった。昭宏には本当に感謝をしている。

「何か問題でもあるの？」

感情が顔に出やすいらしく、映奈に訊ねられる。

「実は昭宏の作る朝ごはんが、なぜか苦いんだ」

最初に作ってもらって以来、昭宏は毎朝のように台所に立っていた。手の込んだ料理は出さないが、どれも素朴で満足いく品々ばかり振る舞ってくれる。昭宏の心遣いは嬉しい。だけどなぜかどの料理も不自然な苦味を感じるのだ。

「同じ材料を使って、私が夕飯を作ることもある。だけどその場合は苦くないんだ。だから昭宏の料理を毎朝食べるのが、少しだけ億劫《おっくう》なの」

自分の体調を疑い、口腔内の病気の可能性も考えた。でも幸いなことに検査をしても問題はなかった。

そこで起き抜けの歯磨きを念入りにして、マウスウォッシュの薬液を口に含む時間を延ばした。だけど苦味がさらに強くなっただけだった。

映奈が千切ったパンを口に運び、飲み込んでから腕を組む。

「この前観たテレビで、妻が夫の料理に毒を少しずつ混ぜる展開があったんだ。夫は徐々に体調を崩していくの。苦味のある毒が、映奈の料理にだけ混ざっている可能性はあり得ないかな」

「絶対にない」

映奈はドラマが好きで、観た直後はすぐに影響を受ける。

「だよねえ。緑川さんに限って、そんな真似はしないよね。規子だって穏やかな人柄に惹かれて口説き落としたわけだし」

昭宏は人当たりの良い性格を見込まれ、社内外で調整役を担うことが多かった。風貌こそ冴《さ》えているとは言い難いが、人柄に惹かれて規子からアプローチをかけたのは事実だ。突っ込まれると照れてしまうので、規子は話題を変えることにした。

「昭宏は会社でうまくやってる？」

「主任になってから行動力を発揮しているよ。リモートワークだって緑川さんが会社に強く働きかけて、デザイン課をモデルケースとして実施時期を早めていたし」

「リモートワークって昭宏が主導したんだ」

昭宏からはリモートワークが始まると聞いただけで、率先して手を挙げたとは知らなかった。規子の知る昭宏は、言われた仕事は着実にこなすが、あくまで控えめなタイプだった。規子が会社を離れて久しいが、昭宏は会社員として着実に力を伸ばしているのだ。

「デザイン課の新人の女の子も緑川さんにすっかり懐いているって、直接指導する立場の大木《おおき》くんが拗《す》ねていたよ。うかうかしていると旦那を取られちゃうかもね」

「はいはい、それも昨日のドラマの内容なんだよね」

「ばれてるか」

映奈が昨晩観たドラマは、若い女と浮気した夫を妻が毒殺しようと企てる筋立てのようだ。

大木はデザイン課に在籍する昭宏の部下だ。映奈とは出身大学が同じため仲が良い。デザイン課の新入社員が可愛いことも映奈から何度か聞いている。

規子はポタージュを味わいながら、ブラックボードに目を向けた。

里芋はガラクタンと呼ばれる糖質とタンパク質が結合した成分を含み、コレステロール値や血圧を下げる効果が期待できるという。太り気味の昭宏に食べさせたいと思った。

食後に紅茶を飲み、会計を済ませてから映奈と店を出る。

朝の清々しい空気のなか、映奈は地下鉄の階段を下りていく。非の打ちどころのない朝ごはんに規子は満足していた。

明日からまた、昭宏の作る苦味のある料理を食べるのだ。そのことを思うと胸に小さな棘《とげ》が刺さったような気持ちになった。

2

昭宏の作る朝食の苦味は消えなかった。当人は料理に夢中になり、レシピ本を購入して様々な朝食に手を出している。生真面目な性格だからレシピ通りに作っていることは、何度か手伝いながら確認したので間違いない。

本日の朝食は具だくさんの豚汁だ。ロース肉なのであっさりしていて、人参や大根、ごぼうなどの根菜がたっぷり入っている。白いごはんと漬け物があれば朝食としては充分すぎるごちそうだ。

作ってもらうことには感謝している。昭宏は毎回自分の料理に満足している様子だ。だからこそ苦味があると言えないでいる。

「リモートワークは慣れた?」

「そうだね。家事も捗るし、散歩時間も息抜きになる。どうしても集中できなければ出社すればいい。僕はリモートワークに向いているみたいだ」

それから昭宏は散歩中に出会ったカフェについて教えてくれた。電源があったり、子連れが歓迎されたりと、個性豊かな店がたくさんあるそうだ。引っ越して三年だが知らない店が多いことに驚かされる。

「ただ、リモートワークが辛《つら》い社員も出ているんだ。出社しないと身が入らないらしい。仕事の進め方は人それぞれみたいだ」

昭宏は現在、各社員に出社日を割り振っているらしい。ただし強制でもなく、出社日以外に顔を出すことも自由なのだという。

「それに上司として進捗をいかに把握するのかも今後の課題かな」

同じ室内で働けば、同僚の仕事の進行度合いはある程度わかる。だけど別々の場所では難しい。部下のいる主任という立場ならではの悩みなのだろう。

「ごちそうさまでした」

箸が進まないせいで、昭宏が先に食べ終える。昭宏はすぐにでも取りかかりたい仕事があるようで、食器をシンクに運んだ。

「規子は今日、夕飯いらないんだっけ」

「映奈に誘われたんだ」

「了解。楽しんできてね」

昭宏が洗面所に向かった。昭宏は起き抜けでは歯を磨かず、食後に歯ブラシを使う。

規子は七味唐辛子を多めに振りかけてから豚汁に口をつける。

一昨日《おととい》、映奈からメッセージが届いた。話したいことがあるらしいが、内容は見当がつかない。だが映奈との食事は楽しみだ。規子は掻《か》き込むようにして豚汁を平らげた。

　仕事を終えた規子はスープ屋しずくに向かった。朝の時間に赴くことが多いけれど、ランチやディナーも絶品なのだ。

　ドアを開けると程よい喧噪《けんそう》が店内に満ちていた。

「いらっしゃいませ」

　ホール担当の慎哉が出迎えてくれる。日焼けした浅黒い肌と金色に近い短髪は、一見すると軽薄な雰囲気だ。だが立ち居振る舞いが洗練されているためか、不思議と下品さは感じない。本人に確認はしていないが、教養ある家庭で育てられたのかもしれない。

「こんばんは、規子」

　映奈は先に来ていたが、向かいに予想外の顔があった。

「大木くんも来たんだ」

「女子会にお邪魔してしまってすみません」

　大木は名前の通り背丈が高く、筋肉質な体型だ。髪の毛はツーブロックに整えられ、グレーの細身のスーツは清潔感があった。

　映奈の隣に腰かけ、サングリアの白を頼む。大木は規子たちの六歳下だったはずだ。

映奈と大木は以前から親しかったが、呼び出された先に揃っていると交際報告かと邪推してしまう。

メニューを眺め、秋野菜のサラダと前菜の三種盛り合わせを選ぶ。メインとして豚肉のバスク風煮込みを注文した。朝の時間に出ることのない料理なので楽しみだ。

運ばれてきたサングリアは果実とハーブの香りが鮮烈だった。

「それで話って何なの？」

早速話を振ると、映奈が大木に目配せした。

「ちょっと言いにくいんだけどさ」

映奈の表情の暗さから、勝手に期待した朗報は思い違いだったと悟る。大木がスマホを持ち、操作してから規子に画面を掲げた。

「この写真を見てください」

見覚えのある会議室だ。規子も通っていた会社のものだ。その片隅で男女が向き合っている。目に涙を浮かべる女性の正面に立ち、肩に手を置いているのは間違いなく昭宏だ。

「何なの？」

動揺で頭が働かない。秋野菜のサラダと前菜の盛り合わせが運ばれてくる。サラダはブロッコリーやサラダほうれん草に、素揚げしたさつまいもや栗《くり》が載っていた。大木が深刻な表情で続ける。

「一緒にいるのはデザイン課の新人の羽生紬《はにゅうつむぎ》です。羽生と緑川主任の距離が妙に近いと、以前から気にはなっていました。そうしたら三日前、偶然この現場を目撃したんです」

大木はとっさにスマホで撮影したらしい。

三日前、夫はひさしぶりに出社をしている。

映奈が取り分けたサラダを渡してくれた。口に運ぶと、葉野菜のしゃきしゃき感に酢の効いたドレッシングが絡んでいた。素揚げした栗の甘みとほくほく感が酸味を中和し、揚げ油が葉野菜との橋渡しをしてくれていた。

頭は働かないのに、料理の味だけは鮮明に感じられた。

「緑川主任と羽生の出社日がなぜか同じことが多いんです。それになぜか出勤や退勤の時間も重なるんです」

大木はほぼ毎日会社に出ているため気づいたらしい。

規子の在籍当時、遅出早退や直出直帰は課内のホワイトボードで全員が把握できた。他の部署では今でも変わらないらしいが、リモートワークを推し進めるデザイン課では現在、昭宏が情報を一手に管理しているという。

大木が咳払いをしてから規子を見た。

「この写真は抱きしめ合ったり、キスをしているわけでもありません。でも俺には二人がただならぬ関係のように感じられました。そこで映奈先輩が武藤《むとう》さんと仲が良かったと思い出して相談したんです」

武藤は規子の旧姓だ。映奈が前菜の三種盛り合わせも取り分ける。いわしのカルパッチョは脂が乗り、パプリカのトマト煮込みは野菜の旨みが濃い。鶏肉のマリネは玉ねぎと和えてあり、噛むと辛味が舌に残った。

「実は最近、変な噂も耳にしたんだ」

映奈が神妙な顔つきで口を開いた。

羽生紬は最近、会社近くの不動産屋で同僚に目撃されていたらしい。その際に年上の男性と一緒にいたそうなのだが、背格好が昭宏に似ていたというのだ。

大木から視線を向けられた映奈が、眉根に皺を寄せる。

「わたしも正直、緑川さんが浮気なんて信じられない。でも写真も見ちゃったし、妙な噂も流れているから心配なんだ。規子は緑川さんを不審に思ったことはない？」

朝食の不自然な苦味が思い浮かぶけれど、疑うだけ馬鹿馬鹿しいと心から追い出す。

証拠写真も規子には、単に励ましているだけに見える。

「全くないよ」

家庭内でも昭宏に隠し事があるようには思えない。

「お待たせしました。豚肉のバスク風煮込みです」

慎哉が赤土色の陶器に盛られた料理を運んでくる。ふちが丸く、自然な歪《ゆが》みの楕円《だえん》鉢だ。メニューの説明によると豚肉をトマトやパプリカ、にんにくなどたっぷりの野菜と一緒に煮込んだ料理らしい。規子たちは料理に合わせたグラスワインを慎哉にお願いした。

慎哉がグラスに濃い赤色のワインを注ぐ。豚肉はスプーンとフォークだけで簡単に切り分けられるほど柔らかい。期待を込めて口に運ぶ。

豚肉はしっとりした食感で、噛むほどに濃厚な肉汁が溢れた。煮込まれたトマトはハーブや香味野菜と混ざり合い、極上のソースになって豚肉に絡む。肉厚なパプリカは赤や黄、緑の鮮やかさを留《とど》めている。緑はほろ苦さが感じられ、赤や黄色は果汁のような甘苦いエキスが楽しめる。

シンプルだからこそ素材の味が活きている。しっかりめの塩味はフルボディのワインが進んだ。料理を楽しんでいると、大木がスマホを差し出してきた。

「ちなみにこの子が羽生さんです」

必要はないと思っていても、つい画面を覗き込んでしまう。大木が差し出してきたのは羽生紬のＳＮＳだった。大木とは友達としての繋がりがあるらしい。

羽生という女子社員はＳＮＳに実名で登録し、顔写真も公開していた。丸い瞳と厚い唇が愛らしい、ふわりとしたショートカットの美人だった。

投稿された記事には、腕時計の画像の写真が添付されていた。

メタルベルトでデザインも男性向けだ。早くに亡くなった父親の形見らしく、使わないが手入れを欠かさないと書かれてある。写真を見ただけでも丁寧に磨かれ、大事にされていることが伝わった。

「カフェ巡りが趣味らしいんだよね。だけどここ一ヶ月くらい投稿がないんだ」

映奈に言われ、他の記事も見てみる。小洒落《こじゃれ》たカフェでパンケーキやパフェを撮影した写真がいくつも並んでいた。夫もカフェや喫茶店が好きだが、甘いものが苦手でホットサンドやナポリタンの味を重要視している。

「この羽生さんは、どんな性格の子なの？」

規子はスマホを大木に返しながら訊ねた。

「愛嬌《あいきょう》がありながら周りに気を遣える子で、みんなから好かれています。気の強い面もあって、大学時代に痴漢を警察に突き出したこともあるそうです」

痴漢に遭った場合、何もできず泣き寝入りする女性も多い。それなのに立ち向かって捕まえたのであれば芯の強い子なのだろう。

「報告ありがとう。心配する気持ちは嬉しいけど、会議室の写真はミスをした部下を慰めているだけだよ。昭宏に限って浮気なんてあり得ないから」

規子がはっきり告げると、映奈と大木はそれ以上何も言わなくなった。

煮込まれた豚肉をフォークで刺す。口に入れると、野菜と豚肉の雑味のない旨みが感じられた。幸せな気持ちに浸っているとなぜか、昭宏の作る朝食の苦味が脳裏によぎった。


土曜、昭宏は朝から仕事のため自室にこもっていた。

出社していた頃、繁忙期は休日出社が当たり前だった。規子は食欲が湧かず、朝ごはんを食べずに家事をして過ごした。

「集中できないから、会社で仕事をしてくる。どうせ誰かいるだろうし」

午前十時に掃除機をかけていると、ジャケット姿の昭宏が部屋から出てきた。

「いってらっしゃい」

昭宏を玄関先で見送る。秋晴れの涼やかな日だった。

掃除機で部屋中のほこりを吸い取り、残すは昭宏の部屋だけだ。以前は気にせずに入っていた。だがリモートワークをはじめて以降は、社内のデータもあるだろうから躊躇《ちゅうちょ》するようになった。

規子はドアを開ける。以前よりも書類やファイルが増えていた。

掃除機をかけていると、机の上に2イン1パソコンが開いた状態で置いてあった。

タブレットとキーボードが分離するパソコンだ。昭宏の私物だが、リモートワーク導入以降は仕事に使っていた。カフェでの仕事なら持ち運ぶはずだが、出社するため会社のパソコンを使うのだろう。

掃除機をかけていると、吸い取り口が机の脚に当たった。その振動でパソコンがスリープモードから暗証番号の入力画面に変わる。

規子は掃除機のスイッチを切った。

魔が差した、としか言いようがない。

毎朝食べる朝食の苦味や映奈の心配、大木の見せた写真など言い訳は無数に思い浮かぶ。だが自覚していた以上に、規子は心の奥で不安を燻《くすぶ》らせていたのだ。

昭宏からは何度もタブレットを借りていた。その際に昭宏は気安い様子でパスワードを教えてくれた。

リモートワークをきっかけに、パスワードを変えていてほしい。行動と矛盾する願いを抱きながら入力すると、あっさりとデスクトップ画面が表示された。

罪悪感を抱きつつ、指先はタッチパッドに触れていた。

仕事と書かれたフォルダを開くと、スケジュールというエクセルファイルがあった。開くと今後二週間分の課内の社員の予定が管理されていた。

「……本当だ」

大木が話していた通り、昭宏と羽生紬の出社日は完全に一致していた。他に同じ日程の社員はいない。昭宏には決まった曜日でないと都合が悪い理由はないはずだ。意図しない限り、両者の予定が同じになる確率は低いように思われた。

エクセルファイルには過去の予定表も書かれていた。見てみると外回りの日も昭宏と羽生紬は行動を共にしている。

規子は次にメールフォルダを開いた。

ウェブ経由で飲食店を予約するサイトからの確認メールが届いていた。開くと明日の昼過ぎ、二名でカフェの予約を入れていた。

リコッタパンケーキの有名な店で、規子も名前を聞いたことがある。昭宏は喫茶店やカフェが好きだが、甘いものは苦手だった。だからパンケーキが有名なカフェに自分から入ろうとすることは考えにくい。そして羽生紬はカフェ巡りが趣味で、ＳＮＳに洋菓子の写真を数多く投稿していた。

昭宏と羽生紬の関係性を直接示す証拠はない。だが芽生えた疑念は瞬《また》く間に成長した。いけないと承知しつつ、机の引き出しを開ける。

工具などを探す際に夫が手を離せない場合、勝手に開けていいと言われたことがある。そんな言い訳を考えることに自己嫌悪を覚える。

二段目の引き出しを開けた規子は、見覚えのある時計を発見した。

だがそれは夫の持ち物ではない。昭宏は革バンドの華奢なデザインの腕時計を好む。引き出しの奥にあったのは、メタルバンドの逞《たくま》しいデザインの腕時計だ。

規子は腕時計のブランドを最近目にしたばかりだった。リビングに向かい、スマホでSNSを調べる。だが羽生紬のSNSは鍵がかかっていた。大木は友人だから閲覧できたのだろう。規子は羽生紬の父親の形見の時計のブランドを知りたいと、映奈にメッセージを送った。

十五分後に返信があった。丁寧に画像まで添付してある。記憶通り、羽生紬の父親の形見と昭宏の机にあった時計は同じブランドだった。

写真と比較すると、規子には全く同じデザインに見えた。有名な海外メーカーで、ネットで検索した限り数十万円もする代物だ。

同じデザインの高価な腕時計を、昭宏が偶然入手したなんて考えにくい。購入するなら規子に相談するはずだ。羽生紬が父親の形見を昭宏に渡したと考えるのが最も自然だ。

映奈からの返信には『なんでそんなこと知りたいの？』と疑問が添えられていた。

規子は迷った末に、ありのままを伝えた。すると映奈から『めちゃくちゃ怪しいじゃん』と返ってきた。

映奈の言う通りだ。めちゃくちゃ怪しい。

3

翌日の日曜、昭宏は用事があると言った。気のせいかもしれないが、普段より洗面所の前にいる時間が長い気がした。念入りに歯磨きをして、髪にも丁寧に櫛《くし》を入れている。規子が選んだ秋物のジャケットに袖を通し、昭宏は家を出て行った。

尾行を提案したのは映奈だ。一度は『そんなことするわけない』と返信をしたのに、規子はつい昭宏の後を追っていた。

昭宏は最寄りの駅で電車に乗った。読書に耽《ふけ》り、規子に気づく様子がない。二区間隣の大きな駅で昭宏は降りた。昨日メールで見たパンケーキ店のある駅だった。

電車に揺られる間、規子は自己嫌悪に陥っていた。改札を通過するのを見届けたら、踵《きびす》を返して自宅に戻ろう。そう思った規子の目に飛び込んだのは、改札近くの電子看板の前で、昭宏が一人の女性と落ち合う光景だった。

間違いなく、羽生紬だった。

チョコブラウンのトップスにマスタードのフレアスカート、トップスと同系色のパンプスという秋らしいコーディネートで、淡い桃色のバッグが華やかだ。

羽生紬と合流した後、昭宏は駅併設のショッピングビルに入った。

規子は尾行を継続する。二人は衣料品店に入り、規子は距離を取って観察する。会話しながら商品を眺める姿は恋人同士のようだ。遠目から男性用下着をかごに入れたのがわかる。

二人は続けて雑貨屋に立ち寄る。何かを購入したようだが死角でわからない。

昭宏と羽生紬はその後、駅ビル内にあるカフェに入店した。昭宏が事前に予約を入れていた店だ。昭宏が店員に何かを告げると、二人はスムーズに案内された。

人気の店らしく入るのは難しそうだ。気づかれる危険性も増える。通路から二人の席は見えず、規子はやむなく帰ることにした。

ホームで帰りの電車を待つ。休日にカフェで過ごしただけで浮気とはいえない。昭宏にメッセージを送り、誰と何の用事なのか聞こうと考えた。部下の相談に乗っているると、あっさり返事が来るかもしれない。だけど不安で指が動かなかった。

映奈に『羽生紬と一緒にカフェに入るのを見た』とメッセージを送ると、すぐに『本腰を入れて調べよう』と返信が届いた。駅員によるアナウンスが流れ、電車がホームに滑り込む。耳障りな金属音を立て、ドアがずれた位置に止まった。

昭宏は午後五時半に帰ってきた。羽生紬と立ち寄った雑貨屋の紙袋を手にしていた。

規子は玉ねぎを切っていた包丁を置き、手を洗う。そして袋について訊ねようとすると、昭宏が先に口を開いた。

「これ、規子にプレゼント」

「私に？」

紙袋を覗き込むと丁寧に包装された箱が入っていた。取り出してテーブルに置き、包装を外す。すると入浴剤のセットだった。

「どうして突然？」

「特に理由はないよ。日頃お世話になっているから感謝の気持ちを込めて」

「ありがとう。せっかくだから、いい赤ワインでも開けようかな」

「それは楽しみだな」

規子はお風呂が好きだから、入浴剤は素直に嬉しい。昭宏の愛情を感じる一方、胸の底に異なる感情が沈殿する。これは羽生紬と選んだのだ。突然の贈り物は、後ろめたさが理由に思えてならない。

夕飯はチキンカレーとトマトサラダを食べた。片付けてから高めの赤ワインを開け、チーズを切り分けてマリアージュを楽しむ。

ゆったりした時間を過ごしていると、昭宏を疑うことが間違いに思えてくる。

昭宏がお手洗いに立つ。ブリーチーズをかじると、テーブルに置いてあった昭宏のスマホが振動した。画面に光がつき、羽生紬と文字が表示される。

昭宏はリビングに戻るとすぐ、スマートフォンを手に取った。

「もしもし」

昭宏は規子に背を向け、自室に歩いていった。気づかれないよう後を追うと、昭宏の部屋のドアが閉まった。ドアのそばで耳をそばだてると、「どうして」という昭宏の焦ったような声が漏れ聞こえた。

「駅前のホテルアーバンビューにいるんだな」

ホテルという言葉に血の気が引いた気がした。

「すまない。今からは行けそうにない。でも……」

室内で顔の向きを変えたのか、昭宏の言葉が聞き取れなくなる。

リビングに戻ると、赤ワインがグラスに半分ほど残っていた。先程までは穏やかで豊潤な味に思えた。それなのに今口をつけると、単に渋いだけの液体に感じられた。

昭宏はすぐに戻ってきた。

「誰からだったの？」

「部下にトラブルがあってね。応急措置は取れたから大丈夫だと思う」

「そうなんだ」

規子は頭を押さえて立ち上がった。

「少し酔ったみたい。寝室で横になる」

「そうか。無理はしないで」

規子は水を汲《く》み、寝室へと向かった。ドアを開け、ベッドサイドテーブルにコップを置いてからベッドに横たわる。

規子はスマホを操作し、映奈にメッセージを送った。羽生紬から夫宛てに電話があったこと。漏れ聞こえた会話にホテルアーバンビューという単語があったこと。昭宏に羽生紬の元に向かう選択肢があったらしいことを伝える。

映奈から怒りの返信が届く。大木と協力し合い、社内での二人の動向を探るつもりらしい。同じ会社に勤める二人が調べれば、様々なことがわかるだろう。

十五分ほどして昭宏が寝室まで様子を見に来た。規子は眠ったふりをした。明かりが消えた後、昭宏が部屋を離れる気配がした。

目を開けると寝室は真っ暗だった。気分が悪くなったのは本当だ。だけど真の目的は眠ったふりをしたら、昭宏が羽生紬の元に向かうのではないかと考えたからだ。

暗い部屋で耳をそばだてる。外出する物音はしない。規子は一時間ほどして起き出した。昭宏の姿はリビングになく、自室にいる気配があった。規子は寝室に戻る。

日付が変わった頃、昭宏がベッドに入ってきた。すぐに寝息が聞こえたが、規子はうまく寝つけなかった。

一睡もできず、規子は午前五時に身体を起こした。昭宏は隣で目を閉じている。一時間もすれば目を覚まし、朝食を作りはじめるはずだ。だけど苦味のある食事を口にしたくなかった。

昭宏を起こさずに身支度を調え、置き手紙に出社すると書き残して自宅を後にした。

早朝の電車は空いていて、規子は安堵した。いつもの満員電車に押し込まれたら、心まで潰されてしまいそうな気がする。

ホームから地上に出ると空腹を感じた。陰鬱な気分でもお腹は減る。

規子はビルの合間の細い路地に入る。スープ屋しずくの店先では今日も柔らかな光が灯《とも》っていた。

「おはようございます。いらっしゃいませ」

ドアを開けると麻野が出迎えてくれた。客は誰もいなくて、規子はカウンター席に腰かけた。店内に野菜を炒めたときの芳ばしい香りが漂っている。麻野はしんなりと火が通った野菜を、近くの寸胴に移し入れた。

「本日は鶏団子のすだちスープです」

「よろしくお願いします」

「かしこまりました」

規子は出入口右手にあるスペースに向かい、紅茶とパンを用意した。カウンターに戻ると麻野は、紺色の花柄の絵付けがされた深皿を置いた。

「お待たせしました。それでは最後の仕上げをいたします」

麻野が皿の上ですだちを搾ると、果汁がスープに降り注いだ。同時にすだちのさわやかな香りが華やかに広がる。

「ごゆっくりお召し上がりください」

薄手の木のスプーンを入れてすくうと、丸々とした鶏団子が顔を覗かせた。他の具材はおくらといんげん、糸こんにゃくのようだ。規子はスープと一緒に鶏団子を口に運んだ。

「美味しい」

最初にすだちの切れ味のある酸味を感じ、独特のすがすがしさが鼻を抜ける。瑞々しい風味がコクのある鶏ブイヨンをあっさり味に変えているようだ。

鶏団子はふわふわで舌の上でほどけ、いんげんは上品な青臭みが季節感を満喫させてくれる。おくらのぬめりはスープに溶け、喉越しに変化を加えている。そして糸こんにゃくのぷるっとした食感も好ましいアクセントになっていた。

様々な国の料理で使われる食材の組み合わせだけど、スープ屋しずくのブイヨンとオリーブオイルの風味によって洋風の味としてまとまっている。

規子はバゲットのスライスを口に運ぶ。外側は硬いくらいにしっかり焼かれ、白い部分はしっとり柔らかい。

スープ屋しずくの朝食は、今日も優しい味だった。スープを味わってから深く息を吐くと、全身の力が抜ける気がした。自覚はなかったが昨夜から一晩中、全身に力が入っていたらしい。

緊張がほぐれたのと同時に、目の端から一筋の涙が流れた。

麻野は里芋の皮むきをしていたが、規子の涙に驚いたのか手を止めた。

「すみません。びっくりしましたよね。ちょっと気が抜けちゃって」

「いえ、お気になさらず」

客商売のため慣れているのか、麻野は余裕のある笑みを浮かべた。

「当店の朝営業は、心休まる場所であってほしいと願っています。料理によってお客様の気持ちが安らいだのであれば幸いです」

麻野の声の響きは穏やかで、規子は心が緩むのがわかった。

「こちらのスープが本当に美味しくて、ホッとしてしまいました。変に苦い朝食を毎日食べることが、自覚する以上に苦痛だったようです」

「苦い朝食ですか？」

「そうなんです。夫が作る朝ごはんが毎回なぜか苦いんです。夫は美味しそうに食べていますし、同じ食材で私が夕飯を作ってもその味はしません。でも夫はリモートワークをはじめた影響で、朝食を作るのを楽しみにしていて無碍《むげ》にできないんです」

「失礼ですが、起きてすぐに歯磨きをしますか？」

麻野は思案顔になっていた。

「歯磨きですか？　えっと、しますけど」

質問の意図は不明だが、規子は反射的に答えていた。すると麻野は眉をしかめた。

「苦味の正体は歯磨き粉の可能性があります」

「えっ？」

それから麻野はラウリル硫酸ナトリウムという化学物質について説明をしてくれた。

練り歯磨きに使われる界面活性剤で、泡立たせるために配合されている。そして口腔内にある甘味を感知する受容体を抑え、さらに苦味を強く感じさせる効果もあるとされていた。つまりラウリル硫酸ナトリウムを含む歯磨き粉を使った後に食べ物を口に入れると、甘味が減る上に苦味が強くなるというのだ。

「一時は発がん性があると噂が流れましたが、現在は安全性が証明されているようです。加えて唾液で洗い流されるため、作用は三十分程度しか持続しないみたいですね」

規子は起き抜けと食後に二度歯磨きをする。一方で昭宏は起きてすぐは口をゆすぐだけで、朝ごはん後に磨いている。だから規子だけが苦味を感じていたのだ。

自宅を出てからスープ屋しずくまで三十分以上かかる。自宅で朝ごはんを食べない場合でも、効果が三十分程度ならスープ屋しずくに到着する頃には元の状態に戻るはずだ。

「実験をしないと確かではありませんが、お客様はラウリル硫酸ナトリウムの影響を受けやすい体質なのかもしれません」

規子はスマホで歯磨き粉について調べた。大手メーカーの製品のため情報は公式ウェブサイトに載っている。麻野の予想通りラウリル硫酸ナトリウムが含まれていた。

麻野の説明では、ラウリル硫酸ナトリウムではない代替品を使用した製品も流通しているらしい。規子は昭宏のテレワークが始まる前ごろまで、自然派素材を謳《うた》った歯磨き粉を愛用していた。確認はしていないが、代替品が使われていたのかもしれない。

苦味の原因が歯磨き粉のせいなのか確証はない。だけど可能性を示してもらえたことで心が楽になった気がした。

「実は最近、私生活にわだかまりが多かったのです。でもそれらも全部、苦味という些細《ささい》なストレスが原因で、普段より引っかかっただけなのかもしれません」

昭宏に抱いた疑念はどれも根拠がない。夫を信じる気持ちがあれば気にならなかったし、本人に気軽に質問できたはずだ。

「お客様もいないことですし、僕で良かったら話くらいは聞きますよ」

「ありがとうございます」

深呼吸をして気持ちを整える。それから昭宏に抱いた疑惑のあれこれを麻野に話す。出勤日が重なることや腕時計、相手の趣味であるカフェスイーツに付き合ったことなど、並べれば疑わしいものの確証がないことばかりだ。

話しながら食事を進めると、説明の終わりと同時に皿が空になった。

「今日の仕事が終わったら、夫と話し合います」

規子はスプーンを置く。麻野に話した疑念を、全て夫に伝えよう。昭宏ならきっと納得できる答えをくれるはずだ。健やかな気持ちで店を出られそうだと思ったが、麻野は深刻そうな表情になっていた。

「どうされました？」

「その疑惑について、相談する相手はいましたか？」

「えっと、います。私のかつての同僚で、夫とは現在も同じ会社に勤めています。彼女は後輩の男の子に相談しているはずですが」

「その方にカフェやホテルの名前も伝えたのですね」

「はい、そうですけど」

麻野が渋面を作り、規子に真剣な眼差しを向けてきた。

「杞憂《きゆう》でしたら申し訳ありません。しかし、今回の件についてご主人に今すぐ連絡したほうがよいかもしれません」

「今すぐですか？」

それから麻野はある推理を口にした。衝撃的な内容が規子には信じられない。戸惑いながら会計を済ませ、店を出る。麻野は心配そうな眼差《まなざ》しを最後まで向けたままだった。

推理が正しければ、規子は失敗を犯したことになる。目の前にコンビニエンスストアが見えた。入店して歯ブラシと、ラウリル硫酸ナトリウム入りの歯磨き粉を手に取る。それから百パーセントのオレンジジュースも一緒に購入した。

お手洗いを借り、小さな洗面所で歯を磨く。洗面所の後始末を済ませてコンビニを出て、ペットボトルのオレンジジュースに口をつける。

「……同じだ」

毎朝感じていた苦味が舌を刺激する。数分前にスープ屋しずくで料理を味わっていた際には感じなかった。ラウリル硫酸ナトリウムによる味の変化は本当だった。それなら麻野の推理も信じられる気がした。

規子は昭宏に電話をかける。目の前を通勤途中らしいスーツ姿の人たちが行き交う。何回かのコールの後に夫の声が聞こえた。

「もしもし、どうしたの？　忘れ物でもした？」

「その……」

電話をしたものの、どこから説明すればいいかわからない。だから規子は率直に質問することに決めた。

「間違っていたらごめんなさい。突然こんなことを聞かれても戸惑うと思う。それに昭宏にはたくさん謝らなくちゃいけないことがある」

「朝からどうしたんだ？」

「羽生紬さんはストーカーに遭っているの？」

電話の向こうから息を呑む音が聞こえる。

「どうして規子が知っているんだ」

昭宏の声は困惑し切っていた。

「ごめんなさい。私は羽生さんが避難したホテルの場所を、犯人に伝えたかもしれない。お願い、今すぐ羽生さんに注意を呼びかけて」

「わかった。規子の言う通りにする。詳しい話は後で聞かせてもらうから」

無関係の相手から突然忠告されても、とっさに信じることは難しいはずだ。それなのに昭宏は規子の言葉を受け容れてくれた。そのことがとても嬉しい。昭宏が通話を切る。規子はスマホを抱えるように胸に当てて深呼吸をした。

残りのオレンジジュースに口をつける。苦味はまだ感じられたけど、すぐに消えるとわかっていれば、些細なことだと思えるようになった。

4

規子の隣で昭宏がスープ屋しずくの外観を撮影した。デザイン関連の仕事をしているせいか、洒落た外観の建物を見かけるとすぐに撮影するのだ。規子が店に入ると、昭宏が追いかけるように続いた。

「おはようございます、いらっしゃいませ」

店主の麻野が柔らかな声で出迎えてくれる。昭宏は一歩前に出て、麻野に頭を下げた。

「妻から今回の件について聞きました。大変お世話になりました」

「いえ、こちらこそ出過ぎた真似をしました」

麻野もお辞儀をして、それからテーブル席に座るよう促した。向かいの席に座った昭宏が店内を見回して言った。

「落ち着ける店内だね」

「雰囲気も素敵だけど、料理はもっと素晴らしいよ」

麻野がテーブルに近づいてくる。

「当店の朝営業は一種類のみになります。本日は秋かぶの丸ごとスープですが、いかがなさいましょうか」

かぶは夫婦の好物だ。目配せすると昭宏が頷いた。

「お願いします」

「かしこまりました。ドリンクとパンはセルフサービスとなっておりますので、ご自由にお取りください」

麻野が一礼をして、奥の厨房に向かっていった。昭宏をドリンクとパンの置き場に案内する。珈琲や紅茶、オレンジジュースなど朝の定番に加えてノンカフェインのルイボスティーも置いてある。

パンは朝に焼き立てのバゲットや丸パン、ライ麦パンなどが揃っていた。麻野もたまに焼くらしいが、大半は契約するブーランジェリーから仕入れているらしい。

昭宏は珈琲と丸パンを、規子は紅茶とバゲットのスライスを選んだ。席に戻ると麻野がトレイにお碗を載せてやってくる。

「お待たせしました。秋かぶの丸ごとスープです」

「わあ」

見た目の可愛らしさに規子は思わず声を上げる。土の風合いの残る灰色のお碗の中央に琥珀色のブイヨンが浸され、皮を剝いたかぶが丸ごと沈んでいる。その脇に菜っ葉が添えられたシンプルなスープだった。

用意されたスプーンは竹製だ。昭宏は麻野に許可を得てからスープをスマホで撮影する。かぶは柔らかく煮上がり、スプーンの先端で簡単に割ることができた。

かぶとスープを一緒に口に運ぶ。竹製のスプーンは適度な柔らかさで、唇に当たる繊維のざらつきが野生みを感じさせた。

柔らかなかぶにはチキンブイヨンが染み、スープとの境目がわからないくらい一体になっていた。かぶの甘みとほのかな渋みが心地良い。スープは洋風だが、覚えのある和の味が加わっている気がした。

「これは椎茸《しいたけ》かな」

昭宏が口に出すと、カウンターの向こうに戻った麻野がうなずいた。

「仰る通りです。干し椎茸の出汁を隠し味程度に加えてあります」

椎茸の旨みがチキンブイヨンの奥でたしかに存在感を放っている。規子は葉野菜を口に運んだ。しゃきしゃきとしながら柔らかな食感で食べやすいが、馴染みのない味と見た目だ。すると同じ疑問を抱いていたらしく昭宏が麻野に訊ねた。

「この野菜は何でしょう」

「かぶの葉です。栄養豊富で美味しいのでぜひお客様に食べて頂きたかったのです」

規子は店内奥のブラックボードを見ると、昭宏も同じように顔を向けた。スープ屋しずくの日替わりスープは使う素材の栄養素が紹介されているのだ。

かぶには免疫作用を高めるとされるイソチオシアネートが含まれているという。また葉には老化防止に寄与するとされるβ-カロテンが豊富に含まれているらしかった。スープを味わいながら、規子は今回の騒動の顚末を思い返す。

結論から述べれば、昭宏と羽生紬は浮気をしていなかった。規子が昭宏に抱いた疑惑は全て、昭宏が羽生紬をストーカーから守るための行動に起因していた。

そして規子の疑心は犯人に利用されていた。

発端は羽生紬がストーカーに遭ったことにある。不審な尾行や郵便受けが荒らされるなど被害が重なったという。羽生紬は警察に相談したが、証拠が何もなかった。そのため見回りを強化する程度の対策しか取られなかった。

羽生紬は相談相手として信頼する上司の昭宏を選んだ。詳しく聞いた昭宏は、ストーカーが羽生紬の勤務状況を把握していることに気づいた。昭宏は会社内に犯人がいると疑った。

社内で不用意に話を広げると、犯人を刺激する恐れがあった。そのため犯人の特定が済む前に、問題を大きくするのは避けることに決めた。加えて羽生紬は大学時代に痴漢を捕まえた過去が大きな心の傷になっていた。

車内で身体を触ってきた男性の腕をつかみ、痴漢だと糾弾した。しかし相手の男性は痴漢を否認し、冤罪だと大きな声で訴えた。

大半の人たちは羽生紬の味方をした。だが一部の人間は冤罪や、示談金目当ての詐欺を疑った。羽生紬は挫《くじ》けず警察に訴え続けた。そして科学的な鑑定の結果、羽生紬の主張の正しさが証明される。

しかし冤罪や示談金詐欺を疑われた羽生紬の心に辛い記憶が刻まれた。その経験があったため、羽生紬は問題を大きくすることに抵抗を感じていたのだ。

そんな折に社内でリモートワークを実施するという話が持ち上がる。昭宏は率先して手を挙げ、リモートワークをデザイン課だけ前倒しにした。そうすることで羽生紬のスケジュールを犯人に把握されることを防ごうと考えたのだ。

昭宏は犯人を警戒するため出社日を合わせ、外回りでも羽生紬と行動を共にするよう調整した。

また羽生紬は、犯人が自宅を把握している事実に不安を抱いていた。犯人が自宅に侵入し、私物を取られる可能性もある。そこで最も大事にしている父親の形見の腕時計を、念のため昭宏に預けたのだ。

さらに羽生紬はリモートワークを機に引っ越しを決めた。昭宏が不動産屋に付き合う様子を会社の関係者が目撃したようだ。

そしてある休日、羽生紬は昭宏に頼み事をした。ストーカーのせいで自粛していたカフェ巡りを昭宏が付き添うことで再開したのだ。理不尽な理由で楽しみを制限されるなんて、規子も馬鹿げていると思う。またカフェに寄る前に、防犯目的で洗濯物に混ぜるため男性用下着も購入した。

昭宏の妨害に犯人は苛立っていた。予定は把握できないし、仕事中は昭宏が護衛している。さらに引っ越し先も突き止められないでいる。

そんな矢先、社内で親しくしている映奈との雑談中に、昭宏の妻が夫を疑っていることを聞かされる。映奈は他愛のない冗談のつもりだったが、犯人は利用できると考えた。

犯人は社内でも羽生紬の様子を窺っていた。そのため昭宏への相談中、不安で泣き出した写真を撮ることができた。その上で規子に見せ、『ただならぬ雰囲気だった』と嘘をついて猜疑心《さいぎしん》を植えつけた。

ストーカーは同僚の大木だった。

規子は映奈に状況を報告していた。そして映奈は大木と情報を共有していた。規子は昭宏と羽生紬が訪れたカフェの名前を映奈に教えた。映奈から聞かされた大木はカフェに駆けつけることになる。そして羽生紬を尾行し、新居を突き止めることに成功した。

羽生紬は郵便受けに『居場所はわかった』と書かれた置き手紙を発見する。恐怖に駆られた羽生紬はタクシーを呼び、ビジネスホテルまで逃げるように避難した。そして怯えながら昭宏に連絡し、宿泊中のホテル名を伝えた。規子が盗み聞きをしたのは、その遣り取りだったのだ。

羽生紬の怯えように、昭宏は駆けつけるべきか迷った。だがホテルなら安全だと判断した。

しかし規子はホテルの名前も映奈に連絡してしまう。映奈から情報を得た大木はホテルに潜んでいた。

そして朝方、規子から事情を聞いた昭宏が急いで駆けつける。

羽生紬は昭宏から連絡を受け、出社時刻になっても部屋を出なかった。そして一向に出てこない羽生紬に焦れていたのか、客室の前で様子を窺っていた大木を昭宏が確保する。大木は最初、白《しら》を切ろうとした。だが問い詰めた結果、所持品から羽生紬を脅すための文書が出てきたというのだ。

ビジネスホテルに潜んでいた大木の目的は想像もしたくない。自覚こそなかったが犯行に関与してしまったことが規子には恐ろしかった。何より大木が逆上するなどして、昭宏に危害が加わるような事態にならなかったことは幸いだった。

問題は警察沙汰に発展する。郵便受けに残された脅迫状からも大木の関与の痕跡が発見されたという。大木は現在保釈されているが、会社には顔を出していない。昭宏の情報によると、大木は解雇される見通しらしい。

大木がストーカーだったこと、そして犯人に情報を流してた事実に、映奈はひどく落ち込んだ様子だった。だが、映奈も騙された被害者なのだ。羽生紬は映奈を許したようだ。規子も映奈からの謝罪を受け容れた。

規子は先日、羽生紬と初めて顔を合わせた。

聞いていた通り朗らかな女性で、昭宏に感謝している様子だった。規子は情報を流したことを、羽生紬は誤解を与える行動を取ったことを互いに謝罪し合った。

規子は昭宏に疑っていたことを謝った。特にパソコンを勝手に覗き見したことは申し開きもできない。だが昭宏は疑いを抱いたことより、不安を相談しなかったことを優しく叱った。そして昭宏も誤解を招く行動について規子に頭を下げた。

規子はかぶのスープの最後のひとすくいを口に運んだ。先に食べ終えていた昭宏は珈琲を味わいながら、店の空気に身を委ねている。

昭宏がカップをソーサーに置いた。

「この近所は電源のあるカフェも多いし、また一緒に来たいな。ここの朝ごはんを食べた後なら、きっと仕事も捗るだろうから」

「うん、楽しみだね」

麻野が野菜を刻むリズムは、まるで音楽を奏でているようだった。穏やかなBGMに耳を傾けながら、規子は紅茶に口をつけた。

第五話

ビーフカレーは巡る

1

街で古くから続く商店街は活気に満ちていた。精肉店からは揚げ物の匂いが漂い、履き物屋の店先ではサンダルのワゴンセールをしている。時刻は午後四時で、夕飯の材料らしき食料品を提げた通行人が目立つ。キャベツと挽肉《ひきにく》が顔を覗かせる袋に、市販の餃子《ぎょうざ》の皮が一緒に入っているのが透けて見えた。

商店街のなかほどに、年季の入ったビルが建っている。その一階は煉瓦調の外壁で飾られた洋食店が営業していた。入り口にある看板は日の光を浴び続け、赤色が色褪《いろあ》せてくすんでいる。そこに親しみやすい可愛らしい白抜きのロゴで、えんとつ軒と書いてあった。

ドアにはCLOSEのプレートが掲げられているが、理恵は事前にアポイントメントを取ってあった。ドアを引くと鍵はかかっていない。

「お邪魔します」

開けて覗き込んだ理恵の耳に、怒鳴り声が飛び込んできた。

「だからカレーのレシピは教えないと、何度言えばわかるんだい！」

奥の厨房から聞こえる声の主は店主の遠藤たつ子だ。現在六十三歳だが声に張りがあった。直後に負けないくらい強烈な叫びが聞こえた。

「あの味をなくしたら、残念がるお客様がどれだけいると思っているの！」

たつ子をそのまま若くしたような声質の持ち主は、店主の娘の勇美だ。理恵が厨房を覗き込むと、にらみ合っていた母娘が同時に笑顔を向けてきた。

「あら、奥谷さん。いらしていたんですね」

「もうそんな時間でしたか。お恥ずかしいところをお見せしてしまいました」

「こちらこそお取り込み中のところ申し訳ありません。本日は記事の最終チェックのお願いに上がりました」

「わざわざお疲れ様です。どうぞお座りください」

たつ子に促されテーブル席に腰かけると、勇美が手早く珈琲を用意した。二人とも数秒前まで大喧嘩《おおげんか》をしていたとは思えない連携の良さだ。

「原稿は私が見るから、母さんは仕込みを進めて」

「わかった。あんたに任せる」

母娘は互いにつっけんどんな口調だが、互いの仕事を認め合っているのが伝わる。

勇美が正面に座り、理恵に微笑みかけた。

「わざわざ届けに来てくれてありがとう」

「いえ、こちらこそ引き受けていただき感謝しています」

茶封筒から記事を取り出して渡す。メールの方が早いけれど、時間が取れれば可能な限り対面でやりとりをしたかった。勇美は記事を受け取り、目を通しはじめた。

テナントビルは来月に取り壊しが決まり、たつ子も料理人を引退することになった。えんとつ軒は三十年以上、地元民から愛されている。社内にもファンが多く、締めくくりを伝える特集を組むことが急遽《きゅうきょ》決定したのだ。理恵は社内で初めて取材に成功した立役者として、前回書いた記事に続いて担当することになった。

勇美が記事を読み進める様子は母親に瓜二《うりふた》つだ。そのまま三十歳年齢を重ね、束ねた髪を切ればたつ子そっくりになるだろう。読み終えた勇美が深呼吸をした。

「とても素晴らしかった。事実誤認もないと思う」

「それはよかった」

特集記事にはたつ子や勇美へのインタビューの他、店の常連の声も取り入れた。幅広い世代に愛される店のため、誰もが取り壊しとたつ子の引退を惜しんでいる。勇美が大きく息を吐いた。

「うちのカレーは愛されているんだね」

「他の料理も人気がありますが、やはり一番はビーフカレーでした」

勇美が困り顔で紙面に視線を落とす。

「やっぱり私がカレーの味を継がなきゃな」

「たつ子さんは相変わらず、認めてくださらないご様子ですね」

「母は強情だから、一度決めたら意見を曲げないんだ」

えんとつ軒にはハンバーグやナポリタン、オムライスなど洋食の定番が勢揃いしている。その中でも一番人気は、理恵も感動したビーフカレーだった。

正式には決まっていないが、勇美は近所に新たに洋食店を開く予定になっていた。店をはじめるに当たって、勇美は名物であるカレーの味を教えてほしいと母親に頼んだ。だがたつ子は頑《かたく》なに拒否しているというのだ。

勇美もたつ子と同じ料理人だ。ただし高校卒業後は実家を出て、日本料理店で修業をしていた。しかし昨年、長年勤めていた店を辞めた。今はえんとつ軒を手伝いながら、洋食を基礎から勉強し直している最中だ。理恵と勇美は年齢が近いこともあって意気投合し、最近はプライベートでも食事をする間柄だった。

理恵は取材で知ったえんとつ軒の歴史を思い返す。

えんとつ軒はたつ子が夫の民夫《たみお》とはじめた店だった。だが民夫は勇美が生まれてすぐ不慮の事故で亡くなってしまう。それまで厨房担当は民夫だった。たつ子は夫が遺《のこ》したレシピを頼りに、女手一つで必死に店を存続させたのだ。

一緒にお酒を飲んだとき、勇美は母親と店に感謝していると涙ながらに語っていた。特に名物のビーフカレーは勇美も好物で、絶対に残したいと意気込んでいる。

たつ子は勇美の独立を応援し、調理器具や厨房の設備は譲ると話しているという。ただ他の料理のレシピは見せてくれるのに、看板料理のカレーだけは別だというのだ。しかもたつ子はカレーを継がせない理由を一切説明しないらしい。

レシピを教えるかどうかはたつ子の自由だと思う。だが勇美は納得していなかった。理恵も可能なら味が存続してほしいと願っている。

記事の確認を終え、理恵は厨房に声をかけてから店を出る。たつ子は忙しそうにしながら、笑顔で別れの挨拶をしてくれた。見送りをする勇美と一緒に外に出ると、段ボールを荷台に積んだスクーターが目の前に停まった。

「勇美、配達だぞ」

「お疲れ、榮輔《えいすけ》」

男性がスクーターを降り、ヘルメットを脱ぐ。明るい茶髪の男性は商店街にある青果店の長男で、勇美の幼馴染みの北野《きたの》榮輔だった。北野は理恵に会釈をしてから、荷台の段ボールを勇美に渡した。

「カレーの件、親父が気にしていたぞ」

「必ず説得するよ」

段ボールにキャベツや人参が詰まっているが、勇美は軽々と持ちながら北野と会話を続ける。

「商店街のみんなは、たつ子さんの引退の意志を表では尊重している。だが本音ではえんとつ軒のカレーの存続を願っている。お前だけが頼りなんだ。それでちょっと気になる情報を小耳に挟んだんだ」

離れるタイミングを見失い、理恵も北野の話を聞くことになる。

それは北野が常連客から聞いた話だった。

その日、ランチタイムに普段見かけない白髪頭の男性が一人でビーフカレーを食べていた。常連の多い店だが、一見客も少なくない。ピークタイムを過ぎていたため客はまばらだった。

白髪頭の男性は、ホールにいたたつ子に「とても美味しかったです」と声をかけた。たつ子は気をよくした様子でしばらく談笑していたという。

だが途中でたつ子が驚きの声を上げた。常連客が気になって視線を向けると、たつ子が頭を下げ「お帰りください。お代は結構です」と告げたという。白髪の男性は困惑顔のまま、追い出されるように店を後にしたというのだ。

話を聞いていた勇美が眉をひそめた。

「全然知らなかった。お代を断るなんてただ事じゃない」

勇美は同時刻、店の裏手で仕込みをしていたはずだという。

「目撃した常連客が言うには、白髪の客が『洋食』とか『ロウソクテイ』と喋るのが聞き取れたらしい。だけど俺がネット検索しても全然ヒットしなかったんだ」

「教えてくれてありがとう。でも私もロウソクテイなんて聞いたことないな」

勇美が首を傾げていると、北野がとんでもないことを言い出した。

「レシピ、勝手に見ちゃわないか。場所は仏壇の引き出しの下の段なんだよな」

勇美が北野を睨《にら》みつける。

「ふざけんな。レシピは母さんと父さんの貴重な財産なんだ。勝手に見るなんて許されない。それに母さんの許可がないと受け継ぐ意味はない」

「すまん、今のは冗談だ」

勇美の剣幕に押され、北野が数歩引き下がる。それから勇美は踵を返してえんとつ軒の店内に戻った。北野がため息をつき、ヘルメットをかぶる。スクーターに跨がる北野に理恵は声をかけた。

「ビーフカレー、受け継げるといいですね」

「物心ついたときから食べてますからね。あの味が消えるなんて考えられませんよ」

北野がキーを回し、エンジン音を響かせてスクーターを発進させる。理恵は会社に戻るべく商店街を歩いた。歴史ある商店街のため、年季の入った店が並んでいる。

思い出の味は、誰でも一つくらいは持っていると思う。理恵もスープ屋しずくの味を失うなんて、想像するだけで胸が痛んだ。西の空に沈みかけた夕日が、街並みを赤く染めている。理恵は無性に、麻野の作る料理を食べたくなった。

丸みのあるカップに注いだカスタード色のポタージュから、温かく甘い香りが立ち上る。さつまいもの香りに秋を感じながら、理恵は麻野の解説に耳を傾ける。

「安納芋には他のさつまいも同様、ビタミンＣや食物繊維が豊富に含まれています。蜜芋と称される程ねっとりとした甘みが特徴ですが、他のさつまいもの品種と比較しても糖質はそれほど差はないようですね」

ブナ材のスプーンですくい、熱々のポタージュを口に運ぶ。安納芋はゆっくり加熱することで甘さが引き出され、豆乳で仕立てたことですっきりとした口当たりに仕上がった。

安納芋と豆乳、味を調えるための塩、そして最後に一回しした上質なオリーブオイルだけでこのポタージュは成立している。素材の力を引き出せれば、余計なものを加えなくても満足感のある味になると麻野は教えてくれた。

ポタージュを味わいながら、理恵はえんとつ軒のことを考えていた。自然にため息が出てしまい、麻野が心配そうに訊ねてきた。

「何か悩みでもおありですか？」

「実は今担当している洋食屋さんで揉《も》め事が起きているんです。店主さんが娘さんに味を受け継がせる気がなくて喧嘩中なんです」

麻野の意見を聞きたくて、えんとつ軒の現況について説明する。麻野はうなずきながら手を洗い、傍らの段ボールからしめじを手に取った。

麻野は質の良い素材を眺めるとき、慈しむような視線を向ける。

「味は一代とも言いますが、老舗のように連綿と続く場合もあります。大切な味が残ってほしいという気持ちもわかります。ただ、売上不振だけでなく病気や事故、天災など何が起きて閉店に追い込まれるかわかりません。店の歴史にどのように幕を下ろすのか、これだけは本人の考え次第なので難しいですね」

麻野は言葉を選んでいる。結局はたつ子の意志に従うしかないのだ。

「麻野さんには、もう二度と食べられない思い出の味はありますか？」

「たくさんありますよ。お気に入りの商品が生産中止になると、自分の味覚が世間とずれていたのかとショックを覚えたりします」

「わかります。好きな味に限って棚から消えちゃうんですよね」

理恵が同意すると、麻野が寂しそうに目を細めた。

「一番残念だったのが、以前お話ししたアルバイト先の洋食店ですね。オムライスやハンバーグなど、どれも絶品でした。可能であれば、僕があの味を受け継ぎたいくらいでした」

麻野は高校卒業後にフレンチレストランで修業をはじめたと聞いている。もしも洋食店が閉店しなければ、今のスープ屋しずくはなかったのかもしれない。

「師匠は僕を気に入ってくれたようで、レシピは全部お前に教える。跡継ぎはお前だ、と冗談めかして言ってくれました。僕は半ば本気でしたが、レシピは残っておらず残念ながら失われてしまいました」

麻野の原点の味は気になるが、もう二度と食べられないのだ。抗えない事情で消えた味は今まで無数にあったのだろう。

ドアベルの音が鳴り、スープ屋しずくの味を求めて新たな客が来店する。麻野の作る味は長く残ってほしい。そう願いながら、理恵は最後のひとすくいを口に含んだ。

2

商店街の外れにレトロモダンな喫茶店があった。白い口髭《くちひげ》のマスターがコーヒーカップを丁寧に拭いている。ランプを模した照明が揺らめき、深い焙煎の香りが充満していた。

勇美曰《いわ》く老舗の珈琲専門店だが、値段が張るため地域住民はあまり来ないという。

窓の外では風が強く吹き、枯葉が舞い飛んでいた。南の海上に発生した台風が勢力を増しながら近づいてきているという。

理恵の前には怒り顔の勇美と、背中を丸めた北野が並んでいる。勇美が大袈裟《おおげさ》にため息を吐いてから理恵に頭を下げた。

「呼び出してごめん。友達は全員地元民で、あっという間に噂が商店街に広まっちゃうんだ。だから相談相手が理恵さんしか思い浮かばなかったの」

「気にしないで」

今日は日曜で、理恵は勇美から相談に乗ってほしいと連絡を受けた。マスターが淹れた珈琲は香りが爽やかだ。口をつけると上品な酸味が舌に広がった。

勇美が真横にいる北野に厳しい視線を向けた。

「実は一昨日、榮輔がこそ泥の真似事を実行したんだ」

「まさか本当にレシピを勝手に見たんですか」

先日の北野の発言を思い出す。北野は理恵の言葉でさらに身体を小さくさせた。

遠藤たつ子と勇美の住まいはえんとつ軒から徒歩一分の場所にある平屋だった。商店街にある青果店の建物がそのまま住居になっている北野は、幼少時から何度も勇美の家に遊びに行っていた。

北野は先日、お菓子のお裾分けのため遠藤家を訪れた。玄関先で呼んだが返事がなかった。鍵は開いていて、北野はつい魔が差した。

「我ながらどうかしていたよ」

北野は反省した様子で言った。

遠藤家に勝手に上がり込んだ北野は仏間に向かった。仏壇が載った台にある引き出しの下段を引く。そこには古びたノートが置いてあり、北野は手にとって開いた。カレーのレシピを探している最中、北野は物音に顔を上げた。すると廊下に立つ怒りの形相のたつ子と目が合ったというのだ。

「たつ子さんには烈火の如く叱られました。勇美も呼び出され、共犯かと詰問されました。単独犯だと必死に否定して何とか信じてもらえました」

「私まで疑われて、本当にいい迷惑だよ」

不満を顕わにする勇美に北野が頭を垂れる。勇美の取りなしで、北野の両親には黙っておくことになったという。勇美が珈琲で口を湿らせた。

「榮輔の行動は私も間違っていると思う。ただ今回の件で、榮輔はいくつか奇妙なことに気づいたんだ」

「そうなんです」

椅子に座り直し、北野が背筋を伸ばした。

北野はたつ子から怒鳴られた。だがその最中に気になる言葉が耳に入る。たつ子は小さく『私には資格がない』と呟《つぶや》いたそうなのだ。

「それに俺は結局カレーのレシピを発見できなかったんだ」

仏壇台の引き出しには二冊のノートがあったという。たつ子は月に一度の頻度でノートに書かれたカレーのレシピを見返していた。引き出しからノートを取り出し、戻す姿は何度も勇美が目撃している。ノートは何度も読み返したせいか、表紙の端に引っかけたような傷跡がたくさんついていたらしい。

「ふとした拍子にレシピが一瞬目に入ったとき、カレーという文字が書かれていたんだ。だからレシピが引き出しの下段にあるのは間違いない」

北野はたつ子に発見されるまで、二冊のノートを何度も見返した。だがカレーという文字は見つけられなかったそうなのだ。

「ただ一箇所だけ、ページが綺麗に切り取られていたんだ」

定規を当ててカッターで切り取ったような跡があったという。そこで理恵は気になったことを勇美に質問した。

「たつ子さんはカレーのレシピをよく読み返すのですか？」

勇美がうなずく。

「母さんは前に、味を絶対に変えないためだと話していたよ。それだけ大切なんだろうね。レシピを読み返す前には必ず父さんに線香を上げている。私もその味を守りたいのに、なんで母さんは味を継がせてくれないのかな」

勇美の目に涙が浮かぶ。相変わらずたつ子は、カレーの味を受け継がせない理由を説明しない。すると思わぬ人物が会話に入ってきた。

「カレーの味なら変わっていますよ」

顔を向けると、喫茶店のマスターがグラスを磨いていた。

「本当ですか？」

勇美が目を丸くして訊ねると、マスターがグラスを光にかざした。

「えんとつ軒さんには創業時から何度も通わせてもらっています。店主ご夫婦は地元の方ではなく、縁のない遠方からいらしたことで開店時に話題になりました」

「確かに両親の出身は地元じゃないと聞いています」

理恵たちはマスターの話に耳を傾ける。

初代店主の民夫のおかげで、開店直後からえんとつ軒は繁盛したらしい。チーズの流れ出るハンバーグや目の前で半熟オムライスを割るなど、当時は斬新だったアイデアは人気を博した。民夫はアイデアマンとして、様々な仕掛けを施すのが好きだったそうだ。

「娘さんも生まれ、ご夫婦は本当に幸せそうでした。ですがそんな矢先にご主人が事故で急逝しました。えんとつ軒は閉店かと商店街の誰もが思いましたが、おかみさんが厨房に立つことで復活しました」

だが料理経験の浅いたつ子の作る料理は、以前より明らかに味が落ちていた。たつ子はレシピ通りに必死に作っていたようだが、長年修業をしてきた民夫の域に達するには明らかに経験が足りない。客足は徐々に減り、今度こそ閉店かと思われた。

「そんな折に、おかみさんはビーフカレーをリニューアルしました。それまでもカレーは出していて、それなりに美味しかったように思います。ですが新しいビーフカレーは別物で、評判は瞬く間に広まりました」

ビーフカレーを求める客によって店の経営は安定する。たつ子も経験を積み、他の料理の味も向上していった。時代に合わせて細かなメニュー変更はあるが、ビーフカレーだけは頑なに変えずに続けているという。

マスターの話を聞き終え、北野が感慨深そうに腕を組んだ。

「ビーフカレーは逆境で生み出した起死回生の味だったのか。自分が生み出した大切な味だから、誰にも渡したくないのかもしれないな」

北野はそう結論づけたようだが、理恵は腑《ふ》に落ちない。長年続いた味を封印するには説得力が弱い気がしたのだ。勇美の仕込みの時間が近づき、理恵たちは解散する。台風の影響で雲が勢いよく流れていた。

三日後、勇美から電話があった。理恵は部屋で雑誌を読んでいた。全国の老舗を扱った内容で、明治や大正から続く洋食店が紹介されている。台風は昨夜、上空を通過していった。

「えんとつ軒について書かれたブログを発見したんだ」

投稿日時は最近だが、読むと訪問は先月のようだ。プロフィールには『定年を迎えた老いぼれの備忘録』と自己紹介が書かれてある。ブログ主は趣味の一人旅をブログに綴《つづ》っているらしい。

ブログ主は洋食が好きで、えんとつ軒はネットの記事を頼りに訪れたらしい。それは理恵が以前執筆した記事で、会社のホームページで公開されていたのだ。

ブログ主は記事の最後に、女店主から奇妙なことを言われたと書いていた。理由はわからないが、不快にさせたなら申し訳ないことをしたと恐縮した様子だ。追い出された老紳士で間違いないだろう。

ブログ主は女主人との会話の詳細について一切言及していない。そしてありがたいことに、ビーフカレーの味や店の雰囲気を絶賛していた。

勇美はメールフォームからブログ主にコンタクトを取ったという。その際にえんとつ軒の店主の娘だと素性も伝えた。すると先方から返事が届き、えんとつ軒を訪れた老紳士であることが確定した。ブログ主はやりとりについて教えてくれたそうだ。

ブログ主が味を褒めると、たつ子は最初喜んだという。だがブログ主が話題を変えた途端、たつ子の顔色が一変したそうなのだ。

「ブログ主さんはえんとつ軒のビーフカレーについて、昔食べた蠟燭《ろうそく》亭のカレーにそっくりだと伝えたそうなのです。三十年以上前になくなった店で、ブログ主さんが洋食を好きになったきっかけだったらしいです」

蠟燭亭という言葉に、たつ子は突然顔を強張らせたという。そして「うちの店について話すとき、その店の名前を出さないでほしい」「できればこの店にも来ないでほしい」と告げた。客商売としてはあり得ない発言だ。本来ならブログ主が激怒しても不思議ではない。だが震え声から事情があると察し、退店を促すたつ子に素直に従ったという。

「うちのビーフカレーには秘密があるんだ。私はそれを調べたいと思う」

勇美の声から思い詰めた印象を受けた。

「たつ子さんの抱える何かが明るみになるかもしれない。それで誰かを傷つける結果になっても、勇美さんはこの件を調べるつもり？」

電話の向こうで息を呑む気配があった。沈黙が流れ、理恵はクッションの上で座り直した。しばらくして勇美が口を開いた。

「実は昨日、聞いちゃったんだ」

昨晩遅くに勇美はお手洗いに向かった。台風の影響で荒れた天気が足音を隠す。仏間が明るいことに気づき、勇美は覗き込んだ。するとたつ子が仏壇に手を合わせ、民夫の遺影に何かを語りかけていた。

ふいに暴風雨が凪《な》ぎ、叩《たた》きつける音が弱まった。

「母さんは仏壇に『カレーの味を継がせられたら』と確かに言ったの。私は驚いて理由を問《と》い質《ただ》そうと思ったけど、母さんの苦しそうな横顔に何も出来なかった」

再び雨風が荒れ狂い、勇美は音に紛れてその場を離れたという。

「あのビーフカレーは私にも大事な存在なんだ」

勇美の声は涙ぐんでいるように聞こえた。

「あのカレーがあったから、私はここまで育つことができた。だからこそ可能な限りこの世に残していきたい。母さんが望まない以上、私のわがままになるのかもしれない。だけど理由がわからないままじゃ、あきらめ切れない」

たつ子が働き詰めだったため、勇美は毎日厨房の隅で夕飯を食べていたという。そんな勇美の一番のお気に入りもやはりビーフカレーだったそうだ。

勇美はたつ子を言い出したら聞かない性格と評していた。その気質は娘にも受け継がれていたのだ。問題はどちらが先に折れるかなのだ。

「だから現地に足を運んで、蠟燭亭を調べるつもりなんだ」

勇美はえんとつ軒の定休日を利用し、新幹線を使って向かうという。蠟燭亭のあった場所はブログ主から教わっていた。理恵にとって馴染み深い土地だった。

理恵はバッグから手帳を取り出して予定を確認した。するとえんとつ軒の定休日の翌日に、会議のため蠟燭亭のある土地まで新幹線で移動することになっていた。

「私も同行できるかも」

前日に休みを取り、出発を早めれば調査を手伝えそうだ。

「土地勘のある人がいてくれると心強いけど、本当に大丈夫なの？」

「有給休暇も溜まってるから」

勇美は恐縮しつつも、一人では心細かったのか二人で赴くことに決まった。翌日、会社に申請すると有給休暇はあっさり取れた。理恵は長距離移動の準備をするため、帰宅してから大きめのバッグを段ボール箱から引っ張り出した。


平日朝の新幹線はスーツ姿のビジネスマンの姿が目立った。睡眠を取る人やノートパソコンを広げて仕事に勤しむ人など様々だ。

理恵が駅弁の封を開けると、大ぶりの煮牡蠣《にがき》が入っていた。嚙《かじ》ると牡蠣のエキスがじゅわっと溢れる。ごはんには牡蠣のエキスがたっぷり染み込んでいた。美味しくてつい多めに頰張ったせいで喉に詰まり、慌ててペットボトルのお茶で流し込む。

隣の席では勇美がシンプルな俵型のおむすびを口に放り込んでいる。仕入れや仕込みのため早起きが得意らしく、早朝だが眠そうな様子はない。

目的地まで新幹線で四時間近くかかる。到着は昼頃になる予定だ。

事前にインターネットで調査したが、蠟燭亭に関する情報は得られなかった。今のところブログ主から教わった蠟燭亭の場所しか手がかりはない。

目的地に着くまでの時間、理恵は勇美とお喋りをして過ごす。そこで高校卒業後に和食の道に進んだ理由を話してくれた。

「高校ぐらいから地道に働く母親の姿が地味に思えた。でも料理は好きだったから、高校を卒業後に全く異なる和食の道に進んだんだ」

安価な材料を丁寧に調理し、良心的な価格で提供する。薄利な商売を続けるには店側が身を削るしかない。無理をする母親の姿に、十代の勇美は反発心を覚えたという。

「子供の頃から母さんは、店を継ぐ必要はないと繰り返していた。血縁だけで跡取りになっても碌《ろく》なことはないと言っていたの」

和食の道を選んだ勇美に、たつ子は一切反対しなかったという。

「当たり前だけど、和食の世界だって裏側は地道な作業ばかりだった。辛いことも多かったけど、修業先での日々は本当に充実していたな」

勇美は幸運なことに、老舗の日本料理店で働くことができた。和食の知識は皆無だったが、研鑽《けんさん》の甲斐あって実力をつけていった。一流の仕事を学び、高級食材や貴重な器に触れる経験も得られた。

十年の月日が流れ、勇美は店主に継ぐ二番手に成長していた。

「毎日充実していたから、本当は店に残るつもりだった。だけどそんな矢先に、大将のお子さんが働きはじめたの」

大将の息子は大学卒業後に一般企業に就職した。だが思い直して父親と同じ道に進むことを決意した。若大将はやる気に満ち、下働きから修業を積んでいった。

「当然だけど腕前は私のほうがずっと上だった。だけどふいに見せる若のセンスに何度もハッとさせられた。物心つく前から実家の味に触れてきた蓄積が、血肉になって表れることを思い知ったんだ」

跡取りの存在を目の当たりにし、勇美は己の原点を顧みた。日本料理店は若大将が継ぐことになる。勇美の選択肢はのれん分けなどで独立するか、店に残り創業者一族を支えるかのどちらかだと思われた。

悩み抜いた勇美の脳裏に浮かんだのは、えんとつ軒の存在だったという。飲食店を長く続け、十代の頃は気づけなかった母の偉大さも理解した。そして勇美は三十歳にして、えんとつ軒で修業し直す道を選んだのだ。

話を終えた勇美は、欠伸をしてから寝息を立てはじめる。左手側にある窓の先に、頂上に雪が降りた富士山が見える。お弁当で満腹になっていた理恵も眠くなり、スマホのアラームをかけてから目を閉じた。

3

蠟燭亭があった土地にはマンションが建っていた。建物名を調べると築二十年だという。隣も真新しいマンションが並んでいる。住人に手当たり次第聞いても蠟燭亭を知る人にたどり着くのは運任せだろう。

ただマンションの存在はインターネットでの事前調査で把握していた。理恵たちの目的は道路を挟んだ斜向《はすむ》かいにある古びた蕎麦屋だ。

時刻は十一時半だ。暖簾《のれん》をくぐると威勢の良い声が出迎えた。テーブル席に案内され、理恵はせいろ蕎麦を頼む。勇美も同じものを選んでから店内を見渡した。

「年季が入っているね」

大黒様の木像がレジ脇に鎮座している。落ち着いた風合いが歴史を感じさせるが、手入れが行き届き表面が艶やかだ。

品書きに地元紙の切り抜きが貼られていた。記事によれば昭和初期から続く老舗らしい。つまり蠟燭亭が存在していた時代も営業していたのだ。

せいろが運ばれてくる。理恵がつゆを少量つけて口に運ぶと、蕎麦粉の香りがふわりと香った。冷水で締められた麺は歯切れがよく、切り口が立っていて喉越しが心地よい。風味を堪能していると、勇美が眉根に皺を寄せた。

「つゆがからい……」

「この辺のおつゆはしょっぱいから、お蕎麦をあまり浸さないほうがいいよ」

勇美の地元の蕎麦と勝手が違うのだろう。理恵の指示通りに食べて、勇美はようやく笑顔になった。

開店直後のため客はまばらだ。好機と考え、理恵は店員に声をかける。蠟燭亭について知る人がいるか訊ねると、店員は「少々お待ちください」と言ってから奥に引っ込んだ。すると四十歳代と思われる男性が前掛けで手を拭きながら顔を出した。

「蠟燭亭だなんて懐かしいね。確かに斜向かいにあったよ。俺が子供の頃に潰れちまったけどな」

歯切れ良い喋り方の男性は、蕎麦屋の大将を名乗った。当時をよく知る先代はすでに亡くなっていた。だが大将はうろ覚えながら知る限りの情報を教えてくれた。

「蠟燭亭は近所で一番の繁盛店だった。建物も外国で学んだ建築家がデザインした煉瓦造りの洒落た洋館で、あそこでの食事は一種のステータスだったな。こんなちんけな蕎麦屋じゃなくて、蠟燭亭のせがれに生まれたかったと言って親父にぶん殴られたもんだよ」

蠟燭亭は蕎麦屋と同時期に創業したらしい。だが三十五年前、大将が十歳のときに閉店したという。

「閉めた理由はガキの頃だったから知らないんだ。ただ店でごたごたがあって、廃業直前は閑古鳥が鳴いていたな」

続いて大将は貴重な情報を教えてくれた。蠟燭亭の厨房で働いていた人物が開いた店を教えてくれたのだ。

「お袋の友達の息子だから耳に入ったけど、結局足は運んでいないんだ。もう大分前の話だから今も営業しているか知らないよ」

大将から店名と最寄《もよ》り駅を聞き出した辺りで客が増えてきた。理恵たちは感謝を告げて蕎麦屋を出る。店の情報を検索するが、現在は営業していなかった。手掛かりが途絶えたかと不安になるが、直後に勇美が声を上げて画面を掲げた。

「この店かな」

オムライスの専門店が、大将から聞いた駅の近くで営業していた。食事をした人のレビューには、二十年前に洋食店からオムライス専門店に鞍替《くらが》えしたと書かれてあった。店までは電車を乗り継ぎ一時間ほどだ。今から向かえばランチタイムの終わりには到着するはずだ。理恵たちは駆け足で地下鉄の駅に向かった。

店頭の看板に可愛らしいオムライスのイラストが描かれていた。ランチの営業時間は終わる寸前だ。理恵がドアを引こうとすると、一人の男性が出てきた。

「申し訳ありません。ランチタイムは今終わりました」

恰幅《かっぷく》の良い五十代半ばぐらいの男性で、コックコート姿が似合っていた。男性が営業中の立て札を裏返すと、休憩中の文字が出てきた。理恵はコックに話しかける。

「すみません。私たちは食べに来たのではなく、蠟燭亭について調べているんです」

「蠟燭亭だって？」

コックが驚きの声を上げて振り返る。その直後、勇美を見ながら目を丸くした。

「たつ子さん？」

理恵と勇美は顔を見合わせる。勇美がたつ子の娘だと名乗ると、コックは戸惑いつつも店内に案内してくれた。客はおらず、理恵たちはテーブル席に腰かけた。

店内はテーブルクロスや壁紙がチェック柄で統一され、ハンプティ・ダンプティの置物が多く並んでいる。丸々としたシルエットがコックに似ている気がした。

コックは珈琲を人数分用意し、向かいの席に腰かけた。

「本当にそっくりだなあ」

じろじろと見られ、勇美は居心地がわるそうだ。理恵がオムライス専門店に来た経緯を説明すると、コックは懐かしそうに目を細めた。

「斜向かいの蕎麦屋はまだ続いているのか。確かに俺は蠟燭亭で修業していたよ」

突然訪問した理恵たちに、コックは快く当時の話を聞かせてくれた。

蠟燭亭は蕎麦屋の説明通り、戦前から続く老舗洋食店だった。アメリカ帰りの建築家が手がけた洋館は貫禄《かんろく》があり、一階の客席は常に満員だった。二階と三階の個室や大広間でも接待やパーティーが毎日のように執り行われていた。

「たつ子さんは二十代前半ながらホールの責任者に抜擢《ばってき》された遣り手で、十代で厨房入りした俺もとてもお世話になった。今も民夫さんと一緒に店を続けているのかい」

コックはたつ子の七つ年下だという。ホールで溌剌と働くたつ子は蠟燭亭の看板娘として評判だったという。

勇美がえんとつ軒について説明すると、コックは痛ましそうに目を閉じた。

「そんなに早く亡くなっていたのか。俺は民夫さんから多くを学んだんだ」

勇美の父親である遠藤民夫は、蠟燭亭のオーナーシェフの片腕だったらしい。二十代半ばながら副料理長として厨房を取り仕切り、誰もが実力を認めていたという。

「なぜ蠟燭亭は廃業したのでしょう」

耳に入る蠟燭亭の評判は素晴らしいものばかりだ。なぜ潰れたのか理由はまだわからない。勇美の疑問にコックが簡潔な答えを返した。

「三代目が跡を継いだせいだよ」

コックが肩を竦める。民夫が副料理長だった時代、オーナーシェフは二代目だった。創業者である父親の跡を継ぎ、蠟燭亭の名を大きくした立役者だったという。二代目は人格者として慕われていた。だが三代目は親の金で遊び回る道楽者だったらしい。三十代半ばで料理人としての腕は優れていたが、三代目が蠟燭亭を継ぐことに誰もが不安を抱いていた。跡継ぎには民夫が相応《ふさわ》しいと従業員や常連客は考えていたようだ。

「二代目も息子を後継者に選ぶか迷っていたみたいだね。早くに両親を亡くした民夫さんを養子に取る噂も流れていたんだ」

二代目は家庭の事情で進学が難しい子供たちを率先して店に雇い入れていた。民夫もたつ子も身寄りがなく、二代目を実の父のように慕っていたという。

だがそんな折に二代目が心臓発作で急逝した。料理長室でたつ子と打ち合わせ中の出来事だったという。大声で助けを呼ぶたつ子の形相を、コックは今でも覚えているそうだ。

二代目の死去を受け、蠟燭亭の権利は息子である三代目が相続した。

店を手に入れた三代目は我が物顔で仕切るようになった。思いつきの指示で厨房を混乱させ、地域の権力者を呼んではパーティーに明け暮れた。

「民夫さんがたつ子さんに、蠟燭亭が落ちぶれるのを見たくないと愚痴をこぼすのを見かけたことがある。二代目を慕っていたたつ子さんも、三代目と何度も喧嘩していたよ」

そしてある日、口論の末に三代目は民夫を解雇した。経費削減と称して一般客向けの食材の質を落とすと命じられ、民夫が大反発をしたのが原因だった。

民夫は店を出ていった。そして民夫と恋仲のたつ子も同時に辞めた。直後にコックも蠟燭亭に見切りをつけて他の店に移ったという。

「大黒柱の民夫さんが消えた後は酷《ひど》い有様だったらしい。噂でしか知らないが、一気に味が落ちたせいであっという間に客足が遠のいたそうだ。その後は結局一年足らずで廃業したらしい」

二代目はレシピを残しておらず、厨房の人たちは手探りで味を再現するしかなかった。二代目が亡くなった直後は民夫が何とか再現していたようだが、解雇後は誰も元の味に近づけることさえできなかった。三代目は自分の腕なら立て直せると高をくくっていたようだが、結局離れていった客は取り戻せなかったのだ。

「蠟燭亭の一番人気は何だったのでしょう」

「全部美味しかったけど、一番はビーフカレーだったな。今でも食べたいくらいで、民夫さんでも再現は無理だった。俺も蠟燭亭の味を目指して修業を積んだけど結局うまくいかず、一番得意だったオムライスに専念して何とか生き残っているよ」

「三代目は今何をなさっているのですか？」

コックが首を横に振る。

「残念だけど知らないよ。酒に溺《おぼ》れて野垂れ死んだとか、借金苦で失踪したって噂は流れたな。再起を図って別の店を開いたとも聞いたけど、心を入れ替えてやり直しているならそれが一番なんだけどなあ」

蠟燭亭を廃業に追い込んだ原因とされる三代目は日之出《ひので》潮《うしお》という名前だった。コックは店の奥から一冊のアルバムを引っ張り出してきた。

一枚の写真に若い頃のコックとたつ子、民夫が写っていた。背景には立派な煉瓦造りの洋館がある。外観の雰囲気がえんとつ軒に似ている気がした。えんとつ軒をはじめる際に、古巣を参考にしたのかもしれない。

蠟燭亭の写真は他にも何枚かあり、三代目も写っていた。浅黒く日焼けした長髪の男性は、料理人という印象とはかけ離れている。理恵と勇美は念のため、許可を取ってから蠟燭亭の写真をスマホで撮影した。

理恵たちはコックに感謝を告げ、オムライス専門店を後にした。

たつ子や民夫のルーツは判明した。だがレシピを教えてくれない理由はわからないままだ。コックが蠟燭亭で働いた知り合いとは交流が途絶えているという。誰より三代目から話を聞きたいものの、行方がわからない。

街並みは秋の夕暮れに染まっていた。調査するにしても時間が圧倒的に足りない。勇美は明日のランチの仕込みのため、最終の新幹線で帰る予定になっている。夕飯は勇美の要望で、都内で最も有名な老舗洋食店に行く予定だった。

「理恵さんおすすめの朝ごはんも食べたかったけどな」

「別の機会にぜひ」

今回はタイミングが合わなかったが、勇美ならきっと気に入るはずだ。道路は朱に染まり、影が長く伸びる。馴染みない景色を眺めながら、理恵たちは駅に向かった。

早朝の空気は冷え、ビルの谷間の路地は薄暗かった。暖色の照明が照らすスープ屋しずくの店先にイタリアンパセリが茂っていた。

理恵は気持ちを落ち着けるため、何度も深呼吸をする。ドアを引くと聞き慣れたベルの音が鳴り、すぐに麻野が朝の挨拶で出迎えてくれる。

「おはようございます。あっ、理恵さん、いらっしゃいませ」

店内は今日もブイヨンの香りが満ち、穏やかな空気が流れていた。

「ご無沙汰しています」

「おひさしぶりですね。お好きな席におかけください」

理恵がいつも座るカウンターの椅子は、麻野の調理する様子が一番よく見える特等席だ。朝一番なので他の客はいない。麻野は丁寧な手つきで包丁を研いでいた。

「お仕事は順調でしょうか」

「おかげさまで慣れてきました」

会社が変わってから半年以上が経過した。最初は所属する部署が丸ごと移動するだけで、仕事内容は同じと甘く考えていた。

だが実際は勝手の違いも多々あり、想定外の仕事を任されることもあった。ただ新たな経験を積めることは、理恵の充足感にも繋がっている。

「本日はリコピン人参のポタージュです」

「いかにも栄養がありそうですね。楽しみです」

麻野が笑顔でうなずき、奥の厨房へと姿を消す。その間に理恵は席を立ち、パンかごから柔らかそうな丸パンとルイボスティーを用意した。茶褐色のお茶をカップに注ぐと、甘やかな香りが立ち上る。

席に戻ると、麻野が平皿を運んできた。鮮やかな色合いに理恵は目を奪われる。澄んだ白色の磁器にオレンジ色のポタージュが注がれている。表面に浮かぶ刻まれた緑の葉が鮮やかだ。

「とても綺麗です。赤色が濃いですが、トマトが入っているのですか？」

「今回使用した人参は名前の通り、トマトにも含まれるリコピンが豊富なのです。そのため色もトマトを思わせる赤色が強いのです」

麻野がシンクの脇から、一本の人参を手に取った。スーパーで並ぶ見慣れた人参より細長く、トマトに近い赤色だ。京野菜の金時《きんとき》人参にも似ているが、もう少しオレンジ色寄りで丸っこい形をしている。

「では、いただきます」

理恵は金物《かなもの》のスプーンを手に取り、赤色の強いポタージュをすくう。顔に近づけると人参特有の香りが鼻先に漂った。

口に入れるとまず丁寧に濾《こ》されたポタージュの滑らかさを感じた。手間をかけないと生み出せない繊細な舌触りを堪能する。次に人参の甘さが舌に広がる。人参独特の癖は抑えめで食べやすい。あっさりした人参の味わいを、じゃがいものコクとスープ屋しずく自慢のブイヨンが下支えしている。

「美味しい」

シンプルだからこそ完成度の高さが実感できる。表面に散らされた緑の葉はパセリでなく、しゃきしゃきとした食感と独特の苦味があった。素材を丸ごと調理するのが好きな麻野のことだから、きっと人参の葉を使ったのだろう。

「やはり麻野さんの料理は素晴らしいです」

「喜んでいただけて光栄です」

店内奥に設置されたブラックボードに顔を向ける。今日はやはりリコピン人参について紹介をしていた。新しい品種らしく、その名の通りカロテノイドのリコピンがトマトの二倍も含まれているという。リコピンは抗酸化作用に優れているとされ、心不全や脳卒中のリスク低減などの効果も報告されているらしかった。

ポタージュを味わっていると、麻野が首を傾げた。

「お疲れのようですが、やはりお忙しいのですか？」

「長距離移動のせいかもしれません。以前お話しした洋食店を覚えていますか？」

「ビーフカレーの件ですね」

麻野にはどこまで話しただろう。思い出していると、カウンター奥の引き戸から一人の少女が顔を出していた。

「おはよう、露ちゃん」

「理恵さん、おはようございます」

露が小さく頭を下げ、引き戸から出てくる。ふんわりとした紺のワンピースにブラウンのニットカーディガンという装いだ。

カウンターを回り込み、理恵の隣に腰かける。

「おひさしぶりです」

「そうだね」

露と並んで食事をするのはいつ以来だろう。麻野がすぐに人参のポタージュを露の前に置く。父親の料理が好きな露は、花が開くような笑顔を見せた。

露が食事をする横で、理恵は仏壇のレシピノートを北野が盗み見ようとした辺りから順に伝える。蠟燭亭の存在や、えんとつ軒の閉店の危機をビーフカレーが救ったこと、そして蠟燭亭にまつわる閉店の経緯などを説明する。

麻野はじゃがいもの芽を包丁のあごで取りながら話を聞いている。

たつ子は本心では勇美にビーフカレーの味を伝えたいと願っている。だが頑なに受け継がせることを拒否する理由はわからないままだ。

「実を言うと、麻野さんにお話ししたのは解決の糸口を期待したからです。何かお気づきになったことはあるでしょうか」

利用しているようで申し訳ないが、理恵には手詰まりだった。麻野はこれまでも多くの謎を解いてきた。麻野は器用にじゃがいもの皮を剥き続けている。

「仏壇からノートが見つからなかった理由として、ある単純な仕掛けを思いつきました。あくまで想像の域なので確証はありませんが」

「ぜひ教えてください」

理恵が頭を下げると、麻野は仕掛けについて説明をしてくれた。

麻野は仏壇台の引き出しが二段であることに着目したという。

「まず仏壇の上の段を取り出し、引き出しを裏返します。次に底板の裏側にゴム紐《ひも》を横向きに二本ほど並べて貼りつけます。それから引き出しを上の段に戻します」

そして下の段を引き、底板とゴム紐の間にノートを隠すように置く。そして下の段を戻せば、ノートやゴム紐は外から見えなくなる。

「ゴム紐が重さでたわみ、ノートがわずかに沈むはずです。たわみ具合はゴム紐の強度や貼り具合で調整可能でしょう。その状態で上の段を引けば、下の段の前板にノートが引っかかります。するとノートは下の段に落下することになります」

ノートの表紙に端にひっかけたような傷跡があると勇美は説明していた。それは引き出しの前板に何度も当たったせいなのだろうか。

理恵は疑問点を口にする。

「上の段を引いた後に下の段を調べれば、簡単にノートは見つかりますよね」

「一般的な空き巣は引き出しを調べる際、下の段から順に開けていきます。そうすることで引き出しを戻す手間が省け、全ての段を手際よく調べられますから」

上の段を先に開けると、下の段を調べるために戻す必要がある。

「つまり仕掛けは泥棒対策なのですか」

「大切なレシピのようですから」

北野はレシピを探すため、真っ先に下の段を開けていた。だからカレーのレシピが書かれたノートを発見できなかったのだろうか。また、たつ子はレシピを読む前に必ず線香を上げる。線香は上の段に入っているから、仏壇に手を合わすことでノートを下の段に落とせるはずだ。

「うーん」

話を聞いていたらしい露が首を捻った。

「どうしてそんな面倒な仕掛けを作ったんだろう。取られるのが不安なら、金庫にでも入れておけばいいのに」

露の疑問はもっともだ。推理が正解なら仕掛けを施した理由が気になる。すると露がポタージュを飲んでから理恵に顔を近づけた。

「そういえば理恵さん、その蠟燭亭の写真を撮ったんですよね。もしよかったら見せてもらえますか。古い洋館とかが大好きなんです」

「そうだったんだ。いいよ」

理恵はスマホを操作し、オムライス専門店で撮影した蠟燭亭の写真の画像を表示させる。古い写真を撮っただけだから画質は荒い。だが露は洋館に目を輝かせた。

「素敵です。……あれ、何だかうちに似ていますね」

「そうかも」

理恵は蠟燭亭を、えんとつ軒に似ていると感じた。えんとつ軒で食事をしたきっかけは、スープ屋しずくと外観が似ていると感じたからだ。つまり、蠟燭亭とスープ屋しずくの外観も似ていることになる。

しかし煉瓦造りの建物など無数にあって、理恵は未だに自分が感じた印象の正体がわからないでいる。

「うーん、やっぱりリズムが同じな気がする」

露が首を傾げる。前にえんとつ軒の写真を見た際にも同じ感想を口にしていた。

「お父さんはどう思う？」

露に声をかけられ、麻野がスマホを覗き込んだ。

「素敵な建物だね。でもうちはこんなに豪勢じゃないよ」

「それはわかってるけど」

露は頰を膨らませ、麻野が笑顔で写真を順に見ていく。

すると突然、麻野の表情が変わった。目を広げて一枚の写真を見詰めている。理恵は麻野の変化に戸惑い、スマホ画像に目を向ける。それは蠟燭亭の入り口前で、三代目が腕を組んでいる画像だった。

「麻野さん、どうされました？」

「三代目のお名前は何と仰るのでしょう」

麻野は右手に包丁を持ち、左手には綺麗に皮が剝けたじゃがいもがあった。

「えっと、日之出潮さんです」

麻野への説明では、三代目としか話していなかった。麻野が包丁とじゃがいもをまな板に置き、それから大きく深呼吸をする。

「僕の師匠です」

「へっ？」

思わず気の抜けた返事が漏れる。露がまぶたを何度も瞬かせた。

「僕が高校時代に洋食店で働いていたことはお伝えしましたよね。そこで僕に料理の基礎を教えてくれたのは、シェフである日之出潮さんなんです」

理恵は両手で口を覆う。麻野も顔に困惑が満ちていた。露は状況を把握できていない様子だが、言葉を失う理恵たちを真剣な眼差しで見守っていた。

4

えんとつ軒の前で理恵は立ち止まる。外観はやはり蠟燭亭を思い起こさせた。本日は定休日だが約束はしてある。ドアを引くと軋《きし》むような音が鳴った。

たつ子と勇美がテーブルで待っている。理恵が座るとたつ子が深く頭を下げた。

「この度は勇美がご迷惑をおかけしました」

「いえ、同行は私から言い出したことですから」

勇美が理恵と遠征し蠟燭亭を調べたことを、たつ子は先日知ったという。するとたつ子は娘の熱意に観念したのか、勇美に全て話したらしい。理恵も勇美から事情を聞いたが、理恵たちが調べた情報とも合致していた。

民夫とたつ子は中学卒業後、蠟燭亭で働きはじめた。二代目は住まいも斡旋《あっせん》し、我が子のように愛情を注いだ。民夫とたつ子は二代目を実の父同然に慕っていた。

問題は道楽者の三代目だ。亡き妻の遺した一粒種に対して二代目は厳しくできずにいた。二代目は民夫の実力を認めていたが、後継問題については我が子可愛さに悩んでいる様子だった。

民夫は二代目の親心に配慮し、身を引く覚悟だったという。だが胸の奥では蠟燭亭を継ぎたい気持ちを抱いていた。

そんな折に、たつ子は二代目のいる料理長室を訪れた。日課である業務報告の途中、二代目が胸を押さえて苦しみだす。以前から心臓に持病を抱えていたのだ。

たつ子はデスクの電話で救急車を呼び出した。その最中、二代目は本棚から一冊のノートを取り出した。それは二代目だけが知る秘伝のレシピノートだった。

「これを……頼む」

直後に二代目は意識を失い、たつ子は部屋を飛び出して助けを呼んだ。

二代目は救急搬送されたが間に合わなかった。その後は法定の相続通りに三代目が蠟燭亭を受け継ぐことになる。

たつ子は二代目から受け取ったレシピの存在を誰にも打ち明けなかった。たつ子は二代目の遺志を測りかねていた。恋人である民夫に渡して蠟燭亭を守るよう託したのか。それとも三代目に譲るつもりだったのか、判断できないままずっと手元に保管していたのだ。

スタッフの間では、レシピは存在しないと考えられていた。厨房の面々は不安がったが、三代目は意に介さなかった。蠟燭亭の看板があれば客はつくと考えたようだ。そして三代目の手で民夫とたつ子は追い出される。たつ子は夫にも相談できず、レシピノートを手元に置き続けた。それは蠟燭亭をめちゃくちゃにした三代目への復讐《ふくしゅう》心も含んでいた。

民夫とたつ子は再起を図るため、縁のない土地に引っ越した。そして独立を見据えて貯めていた財産を投じてえんとつ軒を開店した。

えんとつ軒は民夫の腕もあって大繁盛した。レシピは全て民夫が考えたオリジナルだ。勇美も生まれ、家族は幸せだった。だがそこに民夫の急逝という悲劇が襲う。シェフを失ったえんとつ軒からは客足が途絶え、閉店寸前まで追い込まれる。

そこでたつ子は決断を下す。二代目のレシピを使い、蠟燭亭のビーフカレーを再現したのだ。

以前から民夫はえんとつ軒のビーフカレーに納得していなかった。蠟燭亭の味を越えるのが目標だと意気込んでいたが、果たせないまま息を引き取った。

たつ子はレシピに忠実に仕込み、ビーフカレーを店に出した。その結果、蠟燭亭のビーフカレーは大人気を博した。客足も戻り、店も存続することができた。

たつ子は罪悪感を抱き続けた。

本来なら実子である三代目がノートを受け継ぐ権利を持つのだ。風の噂で蠟燭亭が廃業したことも知った。

たつ子は長年、自分が盗んだという罪に囚われていた。また、レシピを渡していれば蠟燭亭が潰れなかった可能性があったことにも苛《さいな》まれていた。

だが勇美との生活のため、たつ子は罪の意識を胸の底に封印した。

たつ子は蠟燭亭のレシピノートを何度も読み返していた。あれは借り物のレシピに手を加えないというけじめと、自らの罪を再認識する意味合いがあったという。

またたつ子は、えんとつ軒のレシピノートからカレーのページを切り取った。えんとつ軒のレシピノートは勇美に見せている。そのためカレーが二つあると不自然だと考えたのだ。切り取ったページは別の場所に保管してあるという。

勇美が理恵の前に湯飲みを用意した。緑茶の香りが立ち上る。たつ子は理恵に対して真っ直ぐな視線を向けた。

「勇美からお話は聞いていますよね。お店のことを考えてくださったことは感謝します。ですがビーフカレーは本来、えんとつ軒のものではないのです。ですから私には娘に受け継がせるかを選択する資格がないのです」

北野がレシピを盗もうとした際、たつ子は『私には資格がない』と呟いた。あれはレシピの正式な所有権が三代目にあると考えていたから出た言葉だったのだ。

仏壇の仕掛けも麻野の推理通りだった。

仕掛けを施したのは、勇美が実家に戻った頃だという。店の味を受け継ぐことを願う勇美がレシピを盗み見るなどして、たつ子の罪に気づくことを怖れたのだ。

元々が盗んだという意識があるレシピだった。誰かから盗まれるという恐怖が人一倍働いたのかもしれない。金庫に入れるなど警戒を強めると、余計に不審がられると心配だったらしい。だから簡単な仕掛けで安心を得ようとしたが、北野が引っかかるのは想定外だったようだ。

仕掛け自体はえんとつ軒のレシピを自宅で保管するため、民夫が半ば冗談で考案したものらしい。料理に様々なアイデアを施していた民夫は、意表を突くような工夫をするのが好きだったようだ。

たつ子は自らの罪が表沙汰になるのを怖れた。だから蠟燭亭の味を覚えていたブログ主に対し、客商売にあるまじき発言を放つことになったのだ。

勇美はたつ子から全てを打ち明けられ、ビーフカレーが蠟燭亭の味だった事実に落ち込んだ様子だった。レシピを受け継ぐことが母の負担になるなら、あきらめることも一つの道だと考えているという。

理恵のスマートフォンが振動する。メッセージによるとすぐ近くまで来ているようだ。理恵はたつ子に向き直った。

「時間を作っていただいたのは、たつ子さんに会ってほしい人がいるためです」

今日の会合は理恵が提案したものだった。本来なら店の前で待ち合わせして、同時に入店する予定だった。だが鉄道の乱れが続き、到着が遅れてしまったのだ。

えんとつ軒の前にタクシーが停まるのが窓越しに見えた。男性が降りてきて、店のドアを開ける。

「遅れて申し訳ありません」

麻野が折り目正しく頭を下げる。ネイビーのスーツに真っ白なシャツと紺色のネクタイを合わせ、肩からバッグを提げていた。細身のスタイルにクラシカルな仕立てが似合っていて、シンプルな着こなしが誠実な雰囲気を醸し出していた。席に近づく麻野をたつ子が不思議そうに見上げる。

理恵は腰を上げ、麻野の隣に立った。

「東京でスープ屋しずくというレストランを経営する麻野さんです」

「麻野暁と申します。今日は遠藤さんにお伝えしたいことがあって参りました」

理恵と麻野が隣り合って座ると、たつ子が訝《いぶか》しげに首を傾げた。

「東京からはるばるいらっしゃったのですか。どういったご用件でしょう」

「実は僕は、日之出潮さんの下で働いていたことがあるのです」

「三代目の……？」

たつ子が目を見開き、怯えの表情を麻野に向けた。罪の意識はたつ子の意識に根付いているのだろう。麻野が目を細め、日之出との思い出を語りはじめる。

「僕が日之出さんの店で働いていたのは高校生の頃でした」

麻野は高校在学中から料理人を志していた。当時は児童養護施設暮らしのため、独り立ちの際の資金を得ようとアルバイトをはじめた。そこで麻野が選んだのが近所にあった洋食店のキッチンサンライズだったという。

キッチンサンライズの外観は煉瓦造りで、スープ屋しずくを作る際にも参考にしたらしい。おそらくキッチンサンライズも蠟燭亭が念頭にあったのだと思われる。

「こちらがスープ屋しずくの店舗外観です」

麻野がスマホにスープ屋しずくの写真を表示させ、たつ子に見せる。画面を見たたつ子は口を小さく開けて呟いた。

「アメリカ積みじゃないか」

「その通りです。店を開くとき修業先を思い出し、レンガ調のタイルを職人さんに指定してアメリカ積みのように貼っていただきました」

理恵は麻野からアメリカ積みの意味を教わった。

煉瓦には様々な積み方があるらしい。平たい直方体である煉瓦は、広い面を長手、小さい面を小口という。小口だけが見えるように積む方法をドイツ積み、小口が見える段と長手が見える段を交互に積み重ねるのをイギリス積みと呼ぶそうなのだ。他にもフランス積みなどがあるが、蠟燭亭ではアメリカ積みを採用していた。

アメリカ積みは小口だけ見える段の上に、長手だけの段を五段ほど積むのを繰り返していく。技術的には簡単で工期が早いらしいが強度が弱いこともあり、日本国内ではあまり見られないという。

日本ではドイツ積みやイギリス積み、フランス積みなどが主流だ。そのため理恵は無意識に、えんとつ軒の外観がスープ屋しずくに似ていると感じたのだと思われた。露が「リズムが違う」と感じたのは、煉瓦の並びを指していたのだ。

「日之出さんはお一人で店を切り盛りしていました。僕を雇ったのは児童養護施設で暮らす児童への福祉的な意味合いもあったようです」

麻野は厨房の補助とホールを担当した。調理法だけでなく、食材の扱い方や仕入れ方法、衛生観念から客対応まで飲食業に関する基礎を学んだそうだ。

「日之出さんはご存命でしょうか」

たつ子の不安げな問いに、麻野が首を横に振る。

「残念ながら僕が高校三年のとき、今から二十年近く前に蠟燭邸の二代目の方と同じ心臓の病いで亡くなりました。ただ、奥様がご存命です。足腰がわるいため、僕が手紙を預かっています」

たつ子が息を呑み、麻野が一枚の封筒をバッグから取り出す。麻野は日之出氏のご遺族と今でも年賀状の遣り取りを続けているという。差し出されたたつ子は、震える手で封筒を受け取った。

たつ子が手紙を抜き取り、無言で読み進める。理恵たちはその様子を見守る。三枚の手紙を読み終えたたつ子が麻野に問いかける。

「三代目は麻野さんに、過去の出来事をお話ししたのでしょうか」

麻野が首を横に振る。

「何も聞いていません。ただ一度だけ僕から日之出さんの修業先について質問したことがあります。その時は悲しそうに目を伏せ、ただ黙っているだけでした」

麻野は遠慮がちに口を開く。

「伺った話によれば、蠟燭亭の三代目は評判がわるかったようですね。ですが僕の知る日之出さんは料理やお客様、そして従業員に対して誠実な方でした」

理恵は麻野から何度か師匠について聞いていた。その人柄は理恵が調べて知った蠟燭亭の三代目の悪評と乖離《かいり》している。

たつ子が目を閉じ、手紙をテーブルに置いた。

「三代目の奥様は、蠟燭亭の話を聞いていたようです。三代目は蠟燭亭の歴史を途絶えさせ、従業員に迷惑をかけたことを反省していたとのことです。そこで一から修業し直し、新たな洋食店を開業したそうです」

親から受け継いだ店を廃業に追い込んだ経験は、心を入れ替えるきっかけとして充分だったのだろう。日之出潮は店を立ち上げる際に一から味を作り直したという。ただ、蠟燭亭の味は血肉になっていたのだろう。キッチンサンライズの味は蠟燭亭に近かったのだと思われた。

そして麻野は日之出潮から料理の基礎を学んだ。スープ屋しずくにも蠟燭亭の味の流れは受け継がれていたのだ。だから理恵はえんとつ軒の料理に惹かれたのかもしれない。

たつ子が深くため息を吐《つ》いた。

「今思えば、三代目も不憫《ふびん》だったように思います。二代目は根っからのお人好しで、私や夫のような不遇な子供に手を差し伸べていました。だけどその分、三代目に注ぐ愛情はどうしても目減りする。母親を早くに亡くした身の上では、三代目は荒れるしか道がなかったのかもしれません」

たつ子がテーブルに置いた手紙の上に指を添えた。手のひらには長年厨房に立ち続けたことによる深い皺や火傷の痕が刻まれていた。

「三代目は自分に蠟燭亭を継ぐ資格はなかったと考えていたようです。奥様は何度も本人がそう語るのを聞いたそうです」

三代目が受け継がなければ、資格は民夫にあることになる。たつ子の隣に座る勇美の表情に期待が芽生える。だがたつ子は険しい顔つきのままだ。

「三代目が望まずとも、決めるのは二代目です。遺言が曖昧な以上、法律通り相続権は実子にあります。ただその点について、三代目の奥様はご配慮くださいました」

たつ子が麻野を真っ直ぐに見詰めた。

「手紙には三代目が、高校生のアルバイトを気に入っていたとありました。その子は身寄りがなく、卒業後は飲食業に就くことを望んでいたようです。三代目は子がいないため、将来はその高校生に店を継がせたいと奥様に語っていたようです」

「師匠は本気だったんですか」

麻野は困惑した様子だった。麻野は日之出潮からの跡継ぎの話を、半ば冗談だと捉えていた。だが日之出潮は本当に麻野を後継者に考えていたのだ。

「奥様は手紙に、三代目が有する料理に関する権利は全て、料理の才能に溢れ、何事にも真摯《しんし》に向き合う優秀な愛弟子に委ねたいと書いています」

「えっ」

麻野も想定外だったのか口を大きく開けて驚いている。たつ子が急に立ち上がり、店の奥に姿を消す。そして古びたノートを手に戻ってきた。どこにでも売っている量産品のノートだ。表紙は色褪せ、何度も読み返したせいか紙が劣化している。仕掛けのせいで出来た表紙の傷もあった。

たつ子が麻野の目の前に蠟燭亭のレシピノートを差し出す。

「三代目の奥さまの意志を尊重し、レシピを正当な所有者にお返しします」

麻野は戸惑いの表情ながらノートを両手で受け取る。それから長い年月を経て変色した表紙をじっと見詰めた。麻野が真剣に悩んでいることが横顔から伝わる。すると麻野がふいに横を向き、様子を窺っていた理恵と目が合った。

「理恵さんの意見を聞いてもいいですか」

「私ですか？」

理恵は声が裏返ってしまう。

「僕は今回の件について、過去に数年だけ師匠に関わっただけです。ですから現在の状況を知る理恵さんの考えを参考にしたいのです」

「でも、私が口出ししてもいいのでしょうか」

するると麻野は微笑みながら当然のことのように言った。

「信頼していますから」

麻野の言葉に理恵は気持ちを引き締める。麻野の期待に応えるため、全力で考えを巡らせる。ただ、答えはすぐに出すことができた。

「このレシピはたつ子さんが持つべきだと思います。ビーフカレーの味を長年守り続けたえんとつ軒さんこそ、レシピを手にする資格があると私は考えます」

理恵は麻野とたつ子を交互に見遣る。

「ただし麻野さんが受け取りを拒否するのでもなく、たつ子さんに返すのでもありません。麻野さんが正式に継いだ後、たつ子さんに譲るのが適切なように思います」

「そうですね。実はぼくも同じ考えでした」

麻野が居住まいを正し、ノートをたつ子に差し出す。

「師匠もこれが一番だと考えるはずです。受け取っていただけますか？」

たつ子の瞳は揺らぐが、両手はテーブルの下に置いたまま動かさない。

勇美がたつ子の肩に手を置く。するとたつ子の目から一筋の涙がこぼれた。全身を震わせ、レシピノートを両手で力強く手にした。

「ありがとうございます」

たつ子が涙を流したまま、隣に座る勇美に向き直った。勇美が緊張の面持ちで背筋を伸ばす。たつ子はノートを勇美の前に差し出した。

「後は頼んだよ」

「わかった」

勇美が大きく頷きながら受け取り、抱きしめるようにノートを胸に押し当てる。蠟燭亭から長く続くレシピは麻野を経て、えんとつ軒の跡取りへと受け継がれた。麻野は微笑みを浮かべ、母娘の様子を見守っている。決意の込められた勇美の顔つきを頼もしく思いながら、理恵は時間と距離を超えた繋がりに想いを馳《は》せた。

エピローグ

理恵は窓を全開にした。早朝の空気を一心に浴び、身体が引き締まるのを感じる。十月も終盤に差しかかり、空気が冬に近づきつつあった。建物の外でヤマバトが鳴き、幹線道路では通勤のための車が行き交っている。

窓を閉め、テーブルに戻る。土の荒さが残る凹凸のある漆黒の中鉢に、さらっとしたスープカレーが注がれている。複雑なスパイスの香りに向き合いながら、理恵は手を合わせて「いただきます」と口に出す。すると麻野が心配そうに口を開いた。

「カレーは軽めに仕上げましたが、それでも朝には少々重いかもしれません」

「全く問題ありません」

しずく特製のカレーなのだ。どんな時間でも美味しいに決まっている。

カレールーはさらさらとしているスープタイプで、表面に浮かぶ油脂は控えめだ。牛肉は大ぶりで、他の具材は人参とじゃがいもだけだ。別盛りのライスは炊き立てで粒が立ち、表面が艶やかだった。

理恵はステンレス製のテーブルスプーンを手に取る。牛肉は柔らかく煮込まれ、スプーンの先で簡単にほぐれた。

ライスをスプーンですくい、さらさらとしたスープにくぐらせる。そしてカレーソースの絡んだ牛肉の繊維とライスを一緒に口に運ぶ。ライスもカレーソースも適度な熱さで、素材の味を損なわずに味わえた。

複数のスパイスが混然となった香りが広がり、じっくり炒めたことで生まれる焙煎の風味が深みを生んでいる。牛肉の出汁はくどさがなく上品だ。トマト由来の酸味が強めで、ニンニクや生姜などの香味野菜は控えめという印象だ。

「すごく美味しいです」

牛肉は脂身のない部位で、赤身のジューシーさが堪能できる。じゃがいもと人参は茹でただけで、食べる直前にルーに浸した。スパイスの風味とブイヨンのコクによって野菜の甘みが強調されている。

食べ進めながらスパイスの香りを分析する。カルダモンの爽やかさが特に鮮烈で、辛味は強めだが切れがある。朝に合うよう麻野がバランス調整したのが感じ取れた。カルダモンの解説は麻野が添えた手紙に書いてあった。スパイスの女王と呼ばれ、消化器官の不調を改善するとされている。口臭の予防効果があるため、インド料理店のレジ横で配られているという。

理恵はスプーンを動かす手を一旦止める。

「食べやすさがスープ屋しずくの味という印象ですね。それに不思議なのがスープカレーなのに、どこかえんとつ軒さんに似た味わいを感じます」

「日之出さん直伝のカレーを僕なりにアレンジしました。当初のレシピとは別物のはずですが、身についた味は不思議と滲《にじ》み出るのですね」

蠟燭亭のレシピは濃厚で満足感のあるご馳走《ちそう》カレーだった。一方で麻野のカレーは安心する味で、どちらも甲乙つけがたい。

「えんとつ軒さんのカレーは衝撃でした。名物として愛される味の強度という観点では、僕のカレーでは到底叶いません。あれが師匠の目指した味だったのですね」

レシピを渡した後、理恵と麻野はえんとつ軒でカレーを食べた。その上での料理人としての率直な評価なのだろう。えんとつ軒のレシピは麻野が白旗を上げる程に完成度が高かったのだ。

「えんとつ軒さんは近所への移転が決まりました。屋号も変えず、新店舗にはたつ子さんも厨房に立つようです。麻野さんが遠いなか足を運んでくれたおかげです」

麻野が直接えんとつ軒に向かうと言い出したときは驚いた。スープ屋しずくからえんとつ軒まで、直線距離で六百キロ以上ある。だが麻野は面と向かって説明したいと主張し、互いの予定を合わせて新幹線で来てもらうことになったのだ。

「日之出さんの奥さんも、長年の心のつかえが取れたと喜んでいましたよ」

言葉を伝えるだけなら電話や手紙、メールなどで充分だ。余計な情報を排するからこそ伝えられる気持ちも存在する。しかし麻野は顔を合わせ、口調や表情、タイミングなどあらゆる情報と一緒に相手に伝えることを重視したのだ。

理恵はカレーを口に運ぶ。麻野は今日も朝のスープ屋しずくで仕込みをしながら理恵の話を聞いてくれている。

「あの、麻野さん」

理恵は背筋を伸ばし、ノートパソコンの画面に映る麻野に声をかけた。

「予定通り再来週には長期出張が終わり、東京に戻れることになりました。ようやく気兼ねなく朝のスープ屋しずくに立ち寄ることができます」

「本当ですか。それはよかったです。長い間お疲れさまでした」

二ヶ月半前、会社から理恵に突然の辞令が下った。遠方にある支社に出向き、フリーペーパーのリニューアルを担当するという業務内容だった。出張先は中国地方の都市で、東京から新幹線で四時間以上かかる。

理恵は迷ったが、経験を積むチャンスだと思った。

理恵は出張を引き受けた後、真っ先に麻野に報告した。朝のスープ屋しずくでは三種のトマトのスープが振る舞われた。東京を離れることで何より辛いのがスープ屋しずくに通えないこと、そして麻野に会えないことだった。

麻野は長期出張を残念がってくれた。同時に激励もしてくれた麻野に、理恵は勇気を振り絞って本心を伝えた。

「短い間だけど、麻野さんとお話しできなくて寂しいです」

理恵の言葉に麻野は驚いたような顔をした。沈黙が続き、普段の何倍も時間の進みを遅く感じた。すると麻野が微笑んで理恵に言った。

「朝の時間に、リモートでお話をしませんか？」

朝営業で余裕があるときに、インターネット越しに会話をするという提案だった。麻野と画面越しでもお話しできるのは嬉しい。だけど麻野がなぜそんな申し出をしたのか、意図がわからず困惑もした。ただの親切なのか、それとも別の感情を期待していいのか。意気地のない理恵は結局確認できずにいる。

麻野は出張する理恵に、自宅で簡単に作れるスープのレシピを指導してくれた。そのため出張先ではスープの自炊が増えた。スープ屋しずくで使う食材を郵送してくれたこともあった。麻野に教わったスープをより美味しく味わうため、一時的な転居の前に器もたくさん買い揃えた。そして早起きしたり前日に仕込んだりしつつ、早朝に仕込み作業をする麻野とリモートで会話しながら直伝のスープを味わった。

理恵が今食べているビーフ味のスープカレーも、麻野が冷凍便で送り届けてくれたものだ。えんとつ軒のカレーを食べて触発されたらしい。

麻野は師匠の味を元にしたスープカレーを作るのに、何度も試作を重ねたという。

その様子を露がスマホで撮影し、動画を理恵に送信してくれた。味見を繰り返す麻野の表情は真剣そのもので、理恵は凜々しい姿を何度もこっそり見返している。

出張先での仕事は充実していたが多忙を極めた。何度か東京に戻る気でいたが、結局会議のため一度上京しただけだった。東京へ出張中だった同僚の千秋がスープ屋しずくを訪れたという報告を、羨ましく思うこともあった。

蠟燭亭の所在地は東京の郊外だった。そのため勇美は東京在住の理恵が調査に付き添うのを喜んだ。理恵はひさしぶりの有給を取得して勇美に付き合い、翌日の出社前にスープ屋しずくへ二ヶ月以上振りに顔を出すことが出来た。

出張は想定外だったけれど、理恵はたくさんの貴重な体験をした。

流通は発達し、遠距離でも気軽に本物が手に入る。デリバリーサービスを使うことで、お店の味も簡単に楽しめる。離れていてもインターネットを駆使すれば、互いの顔を確認しながらコミュニケーションを取れる。技術は日々進歩し、必ずしも近くにいなくても人と人は繋がれる。

だけど実際に触れ合うことで生まれる感情もきっと存在している。先日ひさしぶりにスープ屋しずくを訪れ、理恵は心からそう実感した。

温かな空気やブイヨンの香り。食器の手触りや椅子の座り心地。露の真っ直ぐな瞳の煌《きら》めきや微妙な声のニュアンス。そして麻野と顔を合わせたときに生じる胸の高鳴りは、実際に目の前に立ったときに一番忘れがたいものになる。

離れていたからこそ、理恵は大切な気持ちを見つめ直すことができた。

「早く、麻野さんに会いたいです」

言葉が自然に出ていた。すると画面に映る麻野が柔らかく微笑んだ。

「僕もです」

麻野はどんな気持ちなのだろう。画面越しだからわからないけれど、あとほんの少し経てば会えるのだ。大切な人と、いつでも顔を合わせられる。そんな日を心待ちにしながら、理恵はスープカレーを口に運んだ。

〈主要参考文献〉

『小さな店でも大きく儲かる出前・宅配・デリバリーで売上げ・利益を伸ばす法』牧 泰嗣 同文舘出版 二〇一六年
『牧草・毒草・雑草図鑑』清水矩宏、宮崎 茂、森田弘彦、廣田伸七 畜産技術協会 二〇〇五年
『これからのテレワーク——新しい時代の働き方の教科書』片桐あい 自由国民社 二〇二〇年
『カリカリベーコンはどうして美味しいにおいなの？ 食べ物・飲み物にまつわるカガクのギモン』アンディ・ブルーニング著、高橋秀依、夏苅英昭訳 化学同人二〇一六年

本書は書き下ろしです。
この物語はフィクションです。作中に同一の名称があった場合でも、
実在する人物・団体等とは一切関係ありません。

宝島社文庫

スープ屋しずくの謎解き朝ごはん
心をつなぐスープカレー

(すーぷやしずくのなぞときあさごはん　こころをつなぐすーぷかれー)

2021年1月22日　第1刷発行

著　者　友井 羊
発行人　蓮見清一
発行所　株式会社 宝島社
〒102-8388　東京都千代田区一番町25番地
電話：営業 03(3234)4621／編集 03(3239)0599
https://tkj.jp
印刷・製本　中央精版印刷株式会社

ISBN 978-4-299-01230-2